Alfred Wallon

TEXAS-REBELLEN

HISTORISCHE WESTERN-REIHE „DAS GESETZ DES WESTENS"

EK-2 MILITÄR

Ihre Zufriedenheit ist unser Ziel!

Liebe Leser, liebe Leserinnen,

zunächst möchten wir uns herzlich bei Ihnen dafür bedanken, dass Sie dieses Buch erworben haben. Wir sind ein kleines Familienunternehmen aus Duisburg und freuen uns riesig über jeden einzelnen Verkauf!

Mit unserem Label *EK-2 Militär* möchten wir militärische und militärgeschichtliche, sowie historische Themen sichtbarer machen und Leserinnen und Leser begeistern.

Vor allem aber möchten wir, dass jedes unserer Bücher **Ihnen ein einzigartiges und erfreuliches Leseerlebnis** bietet. Daher liegt uns Ihre Meinung ganz besonders am Herzen!

Wir freuen uns über Ihr Feedback zu unserem Buch. Haben Sie Anmerkungen? Kritik? Bitte lassen Sie es uns wissen. Ihre Rückmeldung ist wertvoll für uns, damit wir in Zukunft noch bessere Bücher für Sie machen können.

Schreiben Sie uns: info@ek2-publishing.com

Nun wünschen wir Ihnen ein angenehmes Leseerlebnis!

Ihr Team von EK-2 Publishing

Texas-Rebellen
von Alfred Wallon

Kapitel 1

Der dumpfe Trommelwirbel ist im gesamten Gefangenenlager zu hören und unterbricht die entsetzliche Monotonie, die hier jeden Tag von Sonnenaufgang bis Sonnenuntergang herrscht. Trommelwirbel – das bedeutet aber auch, dass etwas geschehen ist, was schwere Folgen haben wird. Für einen oder mehrere Gefangene in den grauen, schäbigen Uniformen.

Eine befehlsgewohnte Stimme hallt über den weiten Platz in der Mitte der Baracken. Bewaffnete treiben die Gefangenen ins Freie, zwingen sie, sich aufzustellen und regungslos zu verharren. Einige von ihnen zittern, blicken ängstlich zu Boden. Sie wissen, dass etwas geschehen wird. Etwas Schlimmes. Wen wird es nur treffen – und vor allen Dingen warum?

Nur wenige Minuten verstreichen, aber dann wissen die Gefangenen, was geschehen wird. Und dieses Wissen lässt keinen von ihnen kalt. Zuviel haben sie in den letzten Wochen und Monaten erdulden müssen. Zuviel, um es auch weiterhin noch ertragen zu können. Denn ihre Kräfte schwinden mit jedem weiteren Tag – und gar mancher dieser einst so stolzen konföderierten Einheit ist nur noch ein Schatten seiner selbst. Zerbrochen von den Schlägen und Einschüchterungen, denen jeder Tag für Tag ausgesetzt ist.

Als Sergeant Todd Mullins seine mitleidlosen Blicke auf einen ganz bestimmten Gefangenen richtet, ist es bereits entschieden.

»Nein!«, schreit der junge Danny Buford, dessen hohlwangiges Gesicht von den Strapazen gezeichnet ist, die er und seine Kameraden bisher in diesem Gefangenenlager haben erdulden müssen. »Nein!«, ruft er noch einmal, als er zu ahnen beginnt, was ihm nun blüht. »Ich habe doch nur …«

»Halt's Maul, du verdammter Rebell!«, unterbricht ihn Sergeant Todd Mullins mit schneidender Stimme. Seine mitleidlosen Blicke richten sich auf den jungen Burschen in der zerlumpten Uniform, und er genießt diesen Moment. »Du hast versucht zu fliehen!«, fährt er nun fort »Und dafür bekommst du jetzt deine Quittung. Eigentlich sollte man euch lausige Rebellen sofort über den Haufen schießen, als euch hier noch wochenlang durchzufüttern. Trotzdem werdet ihr alle bald begreifen, wer hier der Sieger ist Und deshalb bekommst du nun eine Lektion, die du nie wieder vergessen wirst – verlass dich drauf!«

Mit diesen Worten greift er nach einer Lederpeitsche und grinst, als er sieht, wie sich Dannys Augen vor Furcht zu weiten beginnen. Er weiß nun sicher, was auf ihn zukommt und er versucht, sich gegen sein unvermeidliches Schicksal noch einmal aufzubäumen. Aber da sind die beiden Soldaten, die ihn in diesem Augenblick in die Zange nehmen und fest an den Oberarmen packen.

Danny ist ohnehin nur noch ein Schatten seiner selbst. Die karge Nahrung und die grausame Behandlung im Lager der Yankees haben ihn so entkräftet, dass es ein leichtes für die beiden Soldaten ist, Danny zu packen und hinüber zur anderen Seite des Platzes zu schleifen. Genau dort ragt ein solider Holzpfahl aus der schlammigen Erde empor. Daran binden sie ihr Opfer mit Stricken so fest, dass Danny sich kaum bewegen kann.

»Schaut alle genau her!«, schallt Sergeant Mullins Stimme über den Platz. »Das ist das, was ihr elenden Rebellen verdient habt Wir werden euch fertigmachen – und zwar einen nach dem anderen!«

Seine Worte sind für die restlichen, ungefähr achtzig konföderierten Gefangenen bestimmt, die die Yankees gezwungen haben, Zeugen dieses Exempels zu werden. Stoppelbärtige Männer in verdreckten grauen Uniformen sind es, die für ihr Land tapfer gekämpft haben. Aber die militärische und politische Macht des Nordens zwang sie in die Knie und besiegte bereits einen großen Teil der Armee des Südens. Und während sie hier schon seit Monaten unter menschenunwürdigen Bedingungen wie Tiere eingesperrt sind, kämpfen ihre Kameraden draußen an der Front die letzte verzweifelte Schlacht.

»Dieser Bastard«, murmelt der untersetzte Ben Warner, als er sieht, wie Mullins einige Schritte nach vorn tritt und das Leder der Peitsche auszurollen beginnt.

»Verdammt, ich könnte ihn mit meinen eigenen Händen umbringen, Captain.«

»Ruhig, Ben«, erwidert der große aschblonde Mann neben Warner, der die Uniform eines Captains der Konföderierten Armee trägt.

»Wir können nichts tun. Danny muss jetzt sehr tapfer sein. Hoffentlich übersteht er das.«

»Wenn ich nur eine Waffe hätte«, fährt Sergeant Ben Warner mit unterdrückter Wut fort. »Dann würde ich diesen Yankees schon zeigen, dass wir noch nicht aufgegeben haben und …«

»Ruhe da drüben!«, erklingt nun die Stimme eines Yankeesoldaten, der mitbekommen hat, dass Ben Warner mit seinem Captain gesprochen hat. Sofort richtet er sein Gewehr auf die beiden Gefangenen und macht ihnen dadurch klar, dass es wirklich besser ist, wenn Warner seine Gedanken für sich behält.

Captain Tom Cannons Miene spiegelt nichts von dem wider, was ihm in diesen Sekunden durch den Kopf geht. Er schaut hinüber zu dem Holzpfahl, an den man den unglücklichen Danny Buford gefesselt hat und nun bestrafen will für etwas, was jeder der Gefangenen am liebsten tun würde – nämlich von hier zu fliehen. Danny hat es letzte Nacht in seiner Verzweiflung versucht, weil er den Hunger und die Qualen nicht mehr ertragen konnte. Aber er schaffte es gerade mal unentdeckt seine Baracke zu verlassen und zum Palisadenzaun hinüberzuschleichen, der das Lager umgibt. Dort erwischten sie ihn dann.

»Ich werde dich zerbrechen, du Rebellenhund!«, ruft Mullins und holt nun mit der Rechten weit aus. Sekunden später klatscht das Leder der Peitsche auf den bloßen Rücken des jungen Soldaten. Sein Körper zuckt getroffen zusammen, aber über Dannys Lippen kommt nicht ein einziger Schmerzenslaut.

Der Yankeesergeant ist im ersten Moment etwas überrascht, aber er weiß, dass dies erst der Anfang einer Tortur ist, die der Rebell so einfach nicht erdulden kann. Er holt nun ein zweites Mal aus, und wieder reißt das scharfe Leder eine blutige Furche in den Rücken des Gefangenen. Danny gibt immer noch keinen Laut von sich. Erst beim vierten Peitschenhieb ändert sich das. Ein leises Stöhnen entringt sich jetzt seiner Kehle, während er diese unmenschlichen Qualen so gut wie möglich erduldet. Danny wächst in diesen Sekunden über sich selbst hinaus, denn er denkt an seine Kameraden, die ihn jetzt beobachten.

Trotzdem kann er es nicht mehr verhindern, dass er nach dem achten Hieb zu schreien beginnt, und zwar so lange, bis Sergeant Mullins mit ihm fertig ist. Fünfzehn Peitschenhiebe hat er ihm verabreicht. Dannys Rücken sieht schlimm aus, und Mullins selbst schwitzt vor Anstrengung.

»Macht ihn los!«, befiehlt er dann den beiden Rekruten. »Und bringt ihn zurück zu den anderen!«

Die Soldaten befolgen sofort die Befehle ihres Sergeants. Sie eilen zum Holzpfahl und befreien den Gefangenen von seinen Fesseln. Das spürt Danny allerdings schon nicht mehr, denn er ist längst bewusstlos geworden. Eine gnädige Ohnmacht lässt ihn vorerst die schlimmen Schmerzen nicht spüren.

»Jetzt könnt ihr euch um ihn kümmern!«, sagt Mullins mit höhnischer Stimme, während die beiden Rekruten den bewusstlosen Gefangenen zur anderen Seite des Platzes schleifen und unweit von Captain Tom Cannon zu Boden fallen lassen.

»Und denkt dran – jedem von euch blüht das, falls er fliehen will. So, und nun verschwindet endlich in eure Baracken. Der Spaß ist vorbei für heute!«

Ben Warner blickt kurz hoch zu seinem Captain und sieht dann, wie dieser stumm nickt Daraufhin eilt Warner mit drei anderen Männern hinüber zu dem Bewusstlosen. Gemeinsam heben sie den armen Kerl hoch und tragen ihn hinüber zu einer der jämmerlichen Baracken, wo sie seit langem ihr Leben fristen müssen. Hier werden sie sich dann um die Wunden kümmern und versuchen, die schlimmsten Schmerzen zu lindern. Sofern das unter diesen primitiven Bedingungen überhaupt möglich ist.

Bevor sich Tom abwendet, schaut er noch ein letztes Mal hinüber zu Sergeant Mullins, der Herr über Leben und Tod in diesem Lager ist.

Seine Vorgesetzten kümmert es nicht was er hier tut. Und das weiß Mullins.

Die Blicke des konföderierten Captains und die des Yankeesergeants treffen kurz aufeinander.

»Willst du es nicht auch versuchen, Rebell?«, fragt er Tom provozierend. »Versuch es nur, Captain« – das letzte Wort betont er besonders abfällig – »Dich kriege ich auch noch klein, und es wird mir Spaß machen, einen wie dich fertigzumachen.«

Tom ballt die Fäuste und unterdrückt alles, was nun in ihm hochkommt. Weil er weiß, dass Mullins nur darauf wartet, dass er solch eine Schwäche zeigt. Aber er denkt an seine Männer, von denen einige trotz der fatalen Lage noch an ihn glauben. Und deshalb versucht er ruhig und gelassen zu bleiben und sich nicht von diesem Yankee provozieren zu lassen. Auch wenn ihm das in diesem Augenblick noch so schwerfällt!

*

Dicke Regentropfen fallen mit einem monotonen Klatschen auf die Barackendächer des Gefangenenlagers. In der Ferne grollt der Donner. Ab und zu erhellen grelle Blitze die finstere Nacht. Drüben auf der Pritsche liegt der junge

Danny und stöhnt vor Schmerzen. Seine Stirn ist heiß – er hat Fieber, und hier in der Baracke ist es verdammt kalt Der Wind pfeift durch die Ritzen und lässt die Männer frösteln. Sie haben nur alte muffige Decken, um sich vor der Kälte der Nacht zu schützen, und das ist natürlich nicht ausreichend, zumal sie ohnehin schon ziemlich schwach durch die lange Gefangenschaft sind.

»Captain, ich halte das bald nicht mehr aus«, erklingt die Stimme des hageren Corporals Sam Shuster, der Seite an Seite mit Tom Cannon bei Gettysburg gekämpft hat. Wie die meisten anderen der Gefangenen auch, die zur Einheit des Captains gehören. »Diese Hundesöhne können uns doch nicht einfach behandeln wie Tiere!«

»Doch – das können sie, Sam«, erwidert Tom mit nachdenklicher Stimme. »Und dieser Schweinehund Mullins nutzt das auch total aus. Auch wenn es noch so hart für uns ist – wir müssen überleben, Junge. Nur darum geht es noch, denn den Krieg haben wir ohnehin verloren.«

Ungläubig schaut der Corporal seinen Captain an, als er dies hört. Tom erkennt das und fährt deshalb rasch fort: »Der Süden ist schon seit Wochen am Ende. Zuerst wollte ich das auch nicht glauben, aber bei Gettysburg haben wir wohl alle begriffen, auf was es hinausläuft. Lee kann diesen Krieg nicht mehr gewinnen, Männer. Shermans Brandschatzungen in Georgia haben uns einen vernichtenden Schlag versetzt. Ich kann nur noch hoffen, dass es nicht mehr lange dauern wird. Und deshalb müsst ihr alle überleben, denn wenn alles vorbei ist, dann wird jeder von euch zuhause gebraucht.«

Er spürt die bitteren Blicke der bärtigen Männer ringsherum und weiß, wie schlimm es ist, was er ihnen gerade gesagt hat Aber es ist die Wahrheit

»Mutter!«, schreit der verletzte und gepeinigte Junge plötzlich und bäumt sich auf seinem Lager auf. »Mutter, diese Schmerzen, es tut so weh …«

Sein Gesicht glänzt vor Fieber, als zwei Kameraden zu ihm eilen und ihn wieder auf die Pritsche drücken. Sie halten ihn so lange fest, bis er sich wieder halbwegs beruhigt hat und der irre Blick aus seinen Augen verschwunden ist. Dann kommt sein Atem wieder ruhiger, er schließt die Augen und fällt in einen tiefen Schlaf. Ben, der neben der Pritsche steht, nimmt seine eigene Decke und legt sie über den kranken Jungen. Weil der jetzt die Wärme nötiger hat als Sergeant Ben Warner.

Das Donnergrollen und der Regen haben nachgelassen. Auch der Wind ist jetzt abgeflaut, so dass die Männer wenigstens nicht mehr so stark frieren. Schweigen breitet sich jetzt in der Baracke aus. Jeder der Soldaten hängt seinen eigenen Gedanken nach. Die Männer denken an ihre Heimat, an ihre Familien und Kinder, die sie schon seit Ewigkeiten nicht mehr gesehen haben. Keiner weiß, wie es um sie jetzt bestellt ist, und die Ungewissheit über deren Schicksal zerrt an den Nerven, lässt viele der Männer keinen Schlaf mehr finden.

Auch Tom Cannons Gedanken schweifen ab. In eine Zeit, wo noch niemand an Krieg glaubte und er ein Leben auf der elterlichen Ranch im San Saba County in Texas führte, das ihm jetzt seltsam unwirklich erscheint. Er ist seit vier Jahren weg von zuhause und hat seitdem viel Elend und Tod erlebt Die Erinnerungen an die vielen Schlachten und Gefechte, die er erlebt hat, sitzen tief in ihm, sind ein Teil von Captain Tom Cannon geworden und lassen ihn nun um einiges älter wirken als er wirklich ist Denn so etwas geht an keinem Menschen spurlos vorbei.

»He, da drüben tut sich was!«, ruft plötzlich einer der Männer, der in der Nähe des Fensters steht und nun seine Kameraden darauf aufmerksam machen will. »Hört ihr das nicht? Das sind doch Hufschläge!«

Tom vergisst die trüben Gedanken, die während der letzten Minuten von ihm Besitz ergriffen haben und lauscht nun ebenfalls. Dann hört er es auch. Tatsächlich, das sind

Hufschläge, die sich von Norden her dem Gefangenenlager nähern. Der klirrende Trab wird nun immer deutlicher.

»Das müssen mehrere sein – womöglich ein ganzer Trupp«, sagt Ben Warner zu seinem Captain. »Verdammt, was hat das zu bedeuten?«

Tom zuckt nur mit den Achseln. Er erhebt sich stattdessen von seiner Pritsche, geht hinüber zum Fenster und blickt hinaus in die Nacht. Viel kann er nicht erkennen, denn der Mond ist von dichten Wolken verborgen. Er sieht nur, dass drüben in den Unterkünften der Yankeesoldaten, die durch einen Drahtzaun von den Baracken der konföderierten Gefangenen getrennt sind, Licht brennt. Schwach vernimmt er einige aufgeregte Stimmen.

Irgendetwas geht da drüben vor, denkt Tom und spürt instinktiv, dass es etwas von Bedeutung sein muss. Aber weder er noch seine Kameraden können das jetzt herausfinden. Sie müssen eben warten bis zum Sonnenaufgang, dann wird sich zeigen, ob sich Toms Ahnung bewahrheitet.

*

»Los, raus aus euren Baracken, ihr faulen Kerle!«, erschallt eine routiniert brutale Stimme im Eingang. »Macht schon, oder sollen wir euch erst noch Beine machen?«

Tom ist von einem Augenblick zum anderen hellwach. Obwohl er kaum Schlaf in dieser Nacht gefunden hat, so steht er doch zügig auf und ist froh darüber, dass sich auch die anderen Insassen der Baracke beeilen. Denn jeder von ihnen kennt die Launen ihres Peinigers Mullins und weiß, wie unberechenbar der Yankeesergeant werden kann, wenn ihm irgendetwas gegen den Strich geht.

»Das wurde aber auch Zeit!«, brummt der Unionssoldat, der die Gefangenen nun mit vorgehaltenem Gewehr hinaus ins Freie treibt »Und gegen sowas haben wir mal gekämpft!«

Tom registriert diese Beleidigung nur am Rande. Stattdessen richtet er seine Aufmerksamkeit auf den großen Platz. Dort sieht er Sergeant Mullins und zwei weitere Offiziere stehen. Männer, die wohl zu dem Trupp gehören, die gestern Nacht ins Lager geritten kamen. Ein Captain und ein Mastersergeant sind es.

»Was in aller Welt hat das denn zu bedeuten?«, fragt Ben Warner seinen Captain, als er die beiden fremden Offiziere ebenfalls entdeckt.

»Gleich werden wir es wissen«, erwidert Tom knapp und muss sich nun mit den übrigen Gefangenen in drei Reihen aufstellen. Alle sind sie mittlerweile aus ihren Baracken gekommen, bis auf den verletzten Danny Buford, der noch viel zu schwach ist, um auf eigenen Beinen stehen zu können.

»Das hier ist Captain Watkins vom 8.Regiment!«, erklingt nun die befehlsgewohnte Stimme von Sergeant Mullins. »Er ist hierhergekommen, um euch allen eine Mitteilung zu machen. Sperrt jetzt genau die Ohren auf, ihr Hungerleider!«

Dann tritt er einen Schritt zurück und überlässt den Rest dem Captain, dessen Uniform tadellos sauber und geputzt wirkt. Das ist bestimmt einer von diesen Schreibtischoffizieren aus Washington, denkt Tom, als er den Captain von Kopf bis Fuß mustert. Der hat wohl noch nie Pulverdampf gerochen oder gar Menschen sterben sehen.

»Das Kriegsministerium lässt bekanntgeben, dass sich General Robert E. Lee am 9. April bei Appomattox den Truppen Shermans ergeben hat!«, verkündet der Unionscaptain nun mit lauter, aber gleichgültig klingender Stimme. »Der Krieg ist somit beendet, und General Sherman hat gleichzeitig für alle Soldaten der sogenannten Konföderation eine Amnestie verkündet, wenn sie bereit sind, ihren Eid auf die Union zu schwören!«

Stille breitet sich unter den Konföderierten aus. Ungläubige Blicke werden unter den Soldaten ausgetauscht, keiner von ihnen will es glauben, dass General Lee, der Held und

Oberbefehlshaber der Südstaaten, nun doch so rasch aufgegeben hat. Unruhiges Murmeln erfasst die Gefangenen. Vielen von ihnen stehen die Tränen in den Augen, als sie vom Ende eines Traums erfahren müssen, an den so viele geglaubt und alles dafür gegeben haben.

»Ruhe, verdammt!«, brüllt Sergeant Mullins jetzt. »Der Captain ist noch nicht fertig!«

Trotzdem vergehen einige Sekunden, bis die Männer in den zerlumpten Uniformen wieder einen klaren Gedanken fassen können.

Auch wenn Captain Tom Cannon die meisten seiner Männer auf diesen Moment schon vorzubereiten versucht hat, so ist die Wahrheit doch sehr bitter.

»Sergeant Mullins hat Anweisungen, dafür zu sorgen, dass Sie so zügig wie möglich wieder nach Hause reiten können!«, berichtet der Captain weiter. »Diejenigen, die in unserer Armee bleiben wollen, bekommen auch eine Chance. Draußen im Westen werden noch tapfere Männer benötigt!«

Damit ist alles gesagt. Captain Watkins wendet sich ab und verlässt den Platz. Er hat seine Nachricht überbracht und wird sich nun wieder zurück zu seinem Hauptquartier begeben.

»Ihr habt gehört, was geschehen ist!«, richtet Mullins wieder das Wort an die Kriegsgefangenen. »Es liegt nun an jedem von euch, was er daraus macht. Also, wer von euch will in der Armee bleiben? Wer sich rasch entscheidet, dem kann ich zwar nichts versprechen. Aber zumindest wird er immer ein Dach über dem Kopf und genug zu essen haben.«

Einige der grau uniformierten Soldaten machen nun zögernd einige Schritte nach vorn. Sie gehören nicht zu Toms Einheit, aber Tom weiß, dass sie während des Krieges all das verloren, was sie einstmals besaßen. Deshalb hoffen sie auf eine neue Chance und treten über zur anderen Seite, die sie noch vor wenigen Monaten erbittert bekämpften.

»Verräter«, brummt Ben, als er das sieht, aber Tom winkt ab.

»Es ist ihre freie Entscheidung, Ben«, sagt er dann zu seinem Sergeant »Und deswegen darfst du keinen von ihnen verurteilen. Was mich selbst betrifft – ich habe genug von der Armee – egal ob Nord oder Süd. Ich will nur noch nach Hause.«

»Falls es noch ein Zuhause gibt«, fügt Ben gedankenverloren hinzu und wird Zeuge, wie die übergelaufenen Soldaten nun vor der versammelten Truppe der geschlagenen Konföderation abschwören und einen neuen Eid auf die Union leisten. Gar manchem fällt das nicht leicht, aber es ist immer noch besser als zu verhungern. Die Gefangenschaft hat die meisten von ihnen gezeichnet, und sie wollen nur noch eins – vergessen, was sie in den letzten vier Jahren erlebt haben.

»Nehmt euch ein Beispiel an diesen Männern!«, erklingt Sergeant Mullins vorwurfsvolle Stimme, weil er insgeheim eigentlich damit gerechnet hat, dass sich weitaus mehr Leute für diesen Schritt entscheiden. »Aber gut – es ist eure Sache. Ich werde nur noch meine Pflicht erfüllen und dafür sorgen, dass man euch nach Hause schickt. Aber es ist allein meine Sache, wie lange das dauern wird«, sagt er in höhnischem Ton, während auf der anderen Seite des Drahtzauns Captain Watkins mit seinen Männern das Gefangenenlager bereits wieder verlässt.

*

»Viel Glück, Danny«, sagt Tom Cannon zu dem jungen Burschen, der die wenigen Habseligkeiten, die ihm noch geblieben sind, zu einem schmalen Bündel zusammengeschnürt hat und nun an der Reihe ist, entlassen zu werden. Äußerlich hat er sich ganz gut von den Peitschenhieben erholt, aber innerlich ist etwas in ihm zerbrochen. Er wird nie wieder derselbe Mensch sein wie vorher. Das wissen Tom und Ben, und deshalb fällt die Verabschiedung besonders herzlich aus, als Danny zusammen mit drei anderen Männern die Baracke verlässt und seinen Weg in die Freiheit antritt.

Jeden Tag können zehn Männer gehen. Aber bisher ist die Wahl noch nicht auf Tom und seinen ehemaligen Sergeant gefallen. Sie müssen weiterhin zusehen, wie ihre Kameraden vor ihnen entlassen werden und sich auf den Rückweg in die Heimat machen. Mullins zwingt sie weiterhin, hier auszuharren, und dabei ist schon eine gute Woche vergangen, seit der Unionscaptain die Nachricht von der Kapitulation Lees überbrachte. Aber Mullins sitzt nach wie vor am längeren Hebel und will insbesondere Tom noch einmal demütigen, bevor er auch ihn notgedrungen nach Hause schicken muss. Deshalb lässt er ihn und Ben Warner von allen zuletzt gehen.

Schließlich kommt aber auch für Tom Cannon und Ben Warner der Tag der Freiheit. Mullins macht kein Hehl daraus, was er für die Männer empfindet, die sich nicht der neuen Truppe angeschlossen haben, sondern lieber nach Hause wollen.

»Ihr werdet es schwer haben«, sagt er mit einem spöttischen Grinsen, als Tom und Ben auf der anderen Seite des Drahtzauns stehen und zum ersten Mal wieder die Freiheit hautnah spüren. »Solche Kerle wie ihr wollen wohl nie ganz aufgeben. Aber eins sollte jedem klar geworden sein – der Krieg ist aus und vorbei, und ihr Rebellen habt ihn verloren. Die Union ist der Sieger, und uns habt ihr euch zu unterwerfen. Vergesst das niemals, wenn ihr zurück nach Texas geht. Dort herrschen jetzt andere Gesetze, und wenn ihr die nicht befolgt, dann endet ihr am Galgen. Und nun verschwindet endlich!«

Tom möchte am liebsten seine Faust in das sonnengegerbte, höhnisch verzerrte Gesicht des Mannes schlagen, der während ihrer Gefangenschaft so grausam mit ihnen umgesprungen ist. Gar manchen hat Mullins zerbrochen, aber niemand wird ihn jemals dafür zur Rechenschaft ziehen.

Solche Typen schaffen es immer, unbeschadet durchzukommen, denkt Tom, als er und Ben sich zwei Pferde satteln und auf ihrem Rücken dann das Gefangenenlager verlassen dürfen. Diese Tiere und Munition für die alten Walker-Colts – das ist alles, was die beiden Männer noch besitzen. Und das ist verdammt wenig für einen Neuanfang in diesem Land! Trotzdem sind sie froh darüber, nicht mehr eingesperrt zu sein. Wer weiß, was noch geschehen wäre, wenn dieser sadistische Mullins weiterhin Gelegenheit gehabt hätte, die Männer zu schinden und zu quälen.

»Du bist frei, Ben, und kannst gehen wohin du willst«, sagt Tom zu dem Mann, der in den Kriegsjahren für ihn ein treuer und zuverlässiger Freund und Kamerad gewesen ist – einen besseren hätte sich Tom weiß Gott nicht wünschen können. »Weißt du schon, was du tun wirst?«

Ben Warner blickt Tom kopfschüttelnd an.

»Ich verstehe deine Frage gar nicht, Captain«, erwidert dieser mit etwas beleidigtem Unterton. »Der Krieg ist zwar aus, aber es gibt Dinge, die länger andauern. Und deswegen werde ich mit dir nach Texas reiten, Captain. Texas ist bestimmt noch groß genug, um einem alten Dickschädel wie mir eine neue Chance zu bieten. Oder hast du was dagegen, Captain?«

»Verdammt, Ben, ich bin kein Captain mehr«, erwidert Tom und ist insgeheim froh darüber, dass ihn Ben begleiten will. »Natürlich kannst du mitkommen – unsere Ranch im San Saba County wird auch für dich ein neues Zuhause werden.«

»Dann lass uns endlich losreiten«, schlägt Ben seinem Freund vor, als er sieht, wie sich dieser im Sattel ab und zu noch umdreht und zurück zu dem Camp blickt, wo er einige Monate unter schlimmsten Bedingungen hat leben müssen. »Vergiss das, was hinter uns liegt. Texas wartet auf uns, Amigo!«

Kapitel 2

Viele Tage vergehen, in denen die beiden Männer unaufhaltsam ihren Weg nach Süden fortsetzen. Und mit jeder Meile, die sie zurücklegen, nähern sie sich Toms Heimat, dem Panhandle von Texas – einem weiten, unermesslichen Land. Erst jetzt legt sich langsam die Anspannung, und Tom kann wieder frei atmen. Denn er weiß, dass irgendwo jenseits des Horizonts seine Heimat liegt – das Land, wo er aufgewachsen ist und glückliche Jahre verbracht hat. Tom Cannon sehnt sich nach seiner Familie, seinem Vater Bill, dem Bruder Steve und der Schwester Nancy. Und da gibt es noch jemanden, den er wiedersehen möchte – ein Mädchen namens Linda Cummings, von der Tom seinem Sattelgefährten auch schon im Gefangenenlager des Öfteren erzählte. Und jedes Mal, wenn Tom auf Linda zu sprechen kommt, dann leuchtet es in seinen Augen auf.

Ben Warner hat schon längst begriffen, dass Tom mit Linda nicht nur eine Freundschaft verbindet. Aber der ehemalige Captain hat Linda vier Jahre lang nicht mehr gesehen, und in solch einer Zeit können sich viele Dinge verändern – sowohl zum Guten als auch zum Schlechten. Deswegen wird Tom zusehends unruhiger, je mehr sich die beiden Männer der Grenze von Texas nähern. Denn er fragt sich, was in all dieser Zeit in seiner Heimat geschehen ist

Gut zwei Wochen sind vergangen, als Tom und Ben schließlich die andere Seite der Berge erreichen. Vor ihren Augen erstreckt sich ein weites, offenes Land im Licht der späten Nachmittagssonne. Es ist noch ziemlich heiß um diese Jahreszeit, aber Tom und Ben spüren das nicht. Denn sie sehen die kleine Farm gut eine Meile entfernt, in der Nähe eines kleinen Creeks. Sie sind verschlungenen Pfaden in der Wildnis gefolgt, begegneten nur selten anderen Menschen, weil sie lieber auf Nummer Sicher gehen wollten. Aber jetzt sind sie in Texas und brauchen sich vor niemandem mehr zu verbergen.

»Was meinst du, Tom?«, will Ben von seinem Partner wissen, als die beiden ihre Pferde unweit einer Gruppe von verdorrten, dornigen Büschen zügeln und hinunter auf die kleine Farm blicken. »Ob die Leute uns eine Nacht in der Scheune schlafen lassen? Es war ein harter und langer Ritt, und ich bin ziemlich müde. Die Farm da wäre ein ideales Nachtquartier.«

»Du hast recht, Ben«, pflichtet ihm Tom bei. »Reiten wir hinunter und fragen den Besitzer.«

Er ist gerade im Begriff, seinem Pferd die Zügel freizugeben und loszureiten, als ihm plötzlich die kleine Staubwolke weiter südöstlich auffällt. Minuten später schälen sich Reiter aus dem gelben Staub, deren Ziel ganz offensichtlich die kleine Farm ist. Es sind acht Reiter, und irgendwie spürt Tom instinktiv, dass es besser ist, erst einmal hier oben auf der Anhöhe zu bleiben und abzuwarten, was da unten im Tal geschieht.

Die Männer haben jetzt das Farmhaus erreicht, zügeln auf dem Hof ihre Pferde. Der Wind trägt das verzerrte Echo der Stimmen schwach bis hier hinauf.

»Da – jetzt kommt der Farmer heraus«, sagt Ben, als er sieht, wie ein Mann in abgetragener Kleidung das Haus verlässt. »Und einer von den Reitern trägt den Stern des Gesetzes, Ben«, fügt Tom hinzu. Weil er mit seinen scharfen Augen längst das Blinken des Sterns auf der Weste eines der Männer gesehen hat. »Ob das ein Aufgebot ist, das einen flüchtigen Verbrecher sucht?«

Ben zuckt nur mit den Schultern. Er weiß genauso wenig wie Tom, was da unten geschieht. Aber schon wenige Minuten später beginnen sie zu begreifen, dass die Männer nicht auf der Jagd nach Gesetzeslosen sind. Denn da unten bei der Farm gibt es auf einmal einen ziemlich hitzigen Wortwechsel.

Der Farmer ist es, der wütend geworden ist. Sein Zorn gilt offensichtlich dem Mann mit dem Stern und dem Reiter neben ihm, der einen dunklen, vom Staub gezeichneten

Anzug trägt. Dieser Mann holt jetzt etwas aus seiner Jacke hervor und drückt es dem Sternträger in die Hand. Ein Stück Papier, vielleicht ein amtliches Dokument.

Erneut bekommt der Farmer einen lautstarken Wutanfall. Was aber keinen der übrigen Reiter aus ihrer Ruhe bringt. Der Mann in dem dunklen Anzug ist es, der jetzt das Wort ergreift und auf den Farmer einredet. Dann nickt er dem Sheriff zu. Wenige Sekunden später reiten die Männer wieder vom Hof der kleinen Farm. Weiter in Richtung Osten.

»Da stimmt etwas nicht«, murmelt Ben gedankenverloren. »Tom, da ist eine ganze Menge faul, sage ich dir.«

»Wir werden es gleich wissen«, erwidert Tom und wartet noch geduldig ab, bis der Reitertrupp am fernen Horizont verschwunden ist. Erst dann wagen es die beiden Männer, ihre Pferde hinunter ins Tal zu lenken.

Sie sind noch gut fünfzig Yards vom Hof der kleinen Farm entfernt, als plötzlich die Tür des Farmhauses aufgerissen wird. Es ist der Farmer, und diesmal hält er ein Gewehr in den Händen, das nun genau auf die beiden näherkommenden Reiter zielt.

»Ihr Schweinehunde!«, brüllt der Farmer. »Was wollt ihr denn noch? Verschwindet endlich von meinem Land, sonst schieße ich euch aus dem Sattel!«

»Ganz ruhig, Mister!«, erwidert Tom und nickt Ben zu, sofort anzuhalten. »Wir kommen als Freunde und haben einen langen Ritt hinter uns.«

Aber der Farmer ist nach wie vor misstrauisch. Noch kann er von den beiden Reitern nicht allzu viel erkennen, denn sie kommen genau aus der Sonne geritten.

»Lasst ja die Hände von euren Waffen!«, droht ihnen der Farmer. »Ich drücke sofort ab, versteht ihr? Einen von euch erwische ich auf alle Fälle!«

»Pete!«, erklingt auf einmal eine aufgeregte Frauenstimme aus dem Inneren des Farmhauses. »Um Himmels Willen, schieß nicht, das sind welche von unseren Jungs. Siehst du denn nicht die grauen Uniformhosen?«

Die Stimme der Frau klingt so eindringlich, dass es sich der Farmer nun doch noch anders überlegt. Er lässt den Lauf der Waffe ein wenig sinken. Aber sein Misstrauen ist noch nicht gänzlich gewichen. »Kommt näher!«, ruft er Tom und Ben schließlich zu. »Aber ganz langsam!«

»Ich verstehe überhaupt nichts mehr«, flüstert Ben, während er an der Seite Toms auf das Farmhaus zureitet. »Ist das Texas? Das Land, das angeblich so gastfreundlich ist? Verdammt, ich spüre nichts davon.«

Tom antwortet nicht. Weil ihm selbst in diesem Moment tausend Dinge durch den Kopf gehen. Stattdessen richtet er seine Blicke auf den Farmer und dessen Frau, die nun auch aus dem Haus kommt und sich neben ihren Mann stellt.

»Siehst du, Pete?«, ergreift die verhärmt wirkende Frau erneut das Wort, »Ich hatte recht, es sind unsere Jungs. Nun sag ihnen doch, dass sie absteigen sollen.«

»In diesen Zeiten muss man doppelt misstrauisch sein, Sarah«, antwortet der Farmer und blickt nun die beiden Männer an. »Ihr seht nicht so aus, als wenn ihr zu diesen Yankee-Halsabschneidern gehört, die uns unsere Farm rauben wollen. Steigt ab und kommt mit ins Haus. Wir haben zwar selbst nicht viel zu essen, aber es wird ausreichen, um zwei hungrige Jungs wie euch sattzumachen.«

»Danke, Mister«, erwidert Tom, dem jetzt selbst ein ziemlicher Stein vom Herzen gefallen ist.

»Ich heiße Tom Cannon. Das ist mein Freund Ben Warner. Wir wollen zurück ins San Saba County. Von dort komme ich her, und ich war vier Jahre lang nicht zuhause. Es scheint mir, als hätte sich eine ganze Menge verändert.«

»Und ob«, pflichtet ihm der Farmer bei, der nun auch seinen Namen nennt – Pete Fisher. »Aber nun kommt rein – ihr habt doch sicher Hunger, oder?«

»Mister, ich könnte einen ganzen Ochsen vertilgen«, grinst Ben, als er aus dem Sattel steigt. »Diese verdammten Yankees haben uns in der Gefangenschaft fast verhungern lassen.«

Sie folgen dem Farmer ins Haus, nachdem sie ihre Pferde in den Schatten gebracht und aus der kleinen Tränke versorgt haben. Das Innere des Hauses wirkt sehr bescheiden, aber umso zweckmäßiger.

Man sieht sofort, dass hier Menschen leben, die nicht gerade mit Reichtümern gesegnet sind. Und trotzdem sind sie bereit, das wenige, was sie besitzen, mit Tom und Ben zu teilen.

»Setzt euch«, fordert sie Pete Fisher dann auf. »Es ist noch was von dem Stew übrig, das meine Frau gekocht hat. Wenn ihr dann noch mit trockenem Maisbrot zufrieden seid, dann werdet ihr euch nicht beklagen müssen.«

Der Eintopf duftet verlockend. Tom und Ben langen kräftig zu und lassen sich das deftige Essen schmecken. Und sie lassen nichts übrig. Denn sie merken erst jetzt, wie hungrig sie wirklich waren.

»Danke, Ma'am«, sagt Tom nun zu der Farmersfrau und lehnt sich zufrieden zurück. Nun schaut er Pete Fisher an. »Mr. Fisher, wir haben Reiter gesehen, bevor wir hierherkamen«, rückt er mit seinem Anliegen heraus. »Was geschieht hier? Irgendetwas geht vor.«

»Da haben Sie den Nagel auf den Kopf getroffen«, erwidert der Farmer mit unterdrücktem Zorn. »Dabei ist es ganz einfach zu erklären. Der Krieg ist aus und jetzt sind die Yankee-Besatzer ins Land gekommen. Sie wollen uns alle endgültig fertigmachen und dafür sorgen, dass wir nie wieder an Krieg denken. Dabei haben Sarah und ich mit diesem verfluchten Krieg nie etwas zu tun gehabt. All die Jahre über haben wir unsere Farm bewirtschaftet und uns angestrengt. Und jetzt kommen diese elenden Carpetbaggers und wollen, dass wir die Steuern für die letzten vier Jahre bezahlen!«

Bitterkeit klingt in diesen Worten mit, die so schnell über Pete Fishers Lippen kommen. Tom und Ben sehen sich bei diesen Worten lange an. Sie haben schon geahnt, dass nach dem Krieg für Texas und die ehemaligen Staaten der

Konföderation einiges anders werden wird. Aber keiner von ihnen hat geahnt, dass dies so deutlich zutage tritt.

»Das Gesetz ist von den Yankees gekauft«, fährt der wütende Farmer fort »Von dort können wir keine Hilfe erwarten. Wenn Sie die Reiter gesehen haben, dann können Sie sich ja denken, was gerade geschehen ist. Einen richterlichen Räumungsbefehl haben mir diese Schweinehunde vorgelesen. Weil ich im Rückstand mit den Steuern der letzten vier Jahre bin. Zweihundert Dollar soll ich auf einmal bezahlen! Woher soll ich die denn nehmen? Sarah und ich sind arm – wir haben nur unser Land. Und genau das ist es, was die Yankees haben wollen. Die nennen das gerichtliche Pfändung, aber ich meine, es ist Landraub!«

»Wie sieht es im San Saba County aus, Mr. Fisher?«, richtet Tom nun das Wort an den Farmer. »Das würde ja dann bedeuten, dass auch …«

»Weshalb soll es dort eine Ausnahme geben?«, erwidert der Farmer. »Die Yankees haben uns ihre Soldaten ins Land geschickt, um uns zu kontrollieren. Und mit ihnen kamen die Geschäftemacher und Kriegsgewinnler, die billig an unser Land kommen wollen. Mr. Cannon, vor mir haben schon andere kleine Farmer das Land räumen müssen, und nun sind auch Sarah und ich an der Reihe. Aber so einfach werden sie es mit uns nicht haben. Ich schieße jeden dieser Bastarde nieder, der mich von meinem Land zu jagen versucht!«

Die letzten Worte sind eine unverhüllte Drohung. Tom sieht die Sorgen, die sich in den Augen von Sarah Fisher widerspiegeln, denn sie muss natürlich um das Leben ihres Mannes fürchten. Dieser ist fest entschlossen, sich zu wehren. Aber das kann angesichts dieser Übermacht nicht gut gehen.

»Sehen Sie sich vor, wenn Sie ins San Saba County kommen«, sagt Sarah Fisher zu Tom und Ben. »Sie tragen noch die Reste der grauen Uniformen, da kann es schnell Ärger mit den Yankees geben.«

»Für uns ist der Krieg vorbei, Ma'am«, erwidert Tom daraufhin. »Wir wollen keinen neuen anzetteln.«

»Ihr vielleicht nicht – dafür aber die Yankees«, fügt Fisher hinzu. »Sie werden erst Ruhe geben, wenn Texas ganz am Boden liegt Und wir können nichts dagegen unternehmen. Sarah und ich werden unsere Farm verlieren, und dann sind wir vollkommen am Ende, denn das wenige Geld, das wir besitzen, wird nicht mehr reichen, um noch einmal von vorn zu beginnen. Gott, wie ungerecht kann das Leben doch manchmal sein.«

Die letzten Worte klingen wie ein einziger Seufzer. Tom und Ben können die beiden Farmersleute gut verstehen, und auch sie empfinden sehr viel Zorn angesichts der geschilderten Ereignisse. Und je öfter Tom daran denkt, umso mehr wird ihm klar, dass es höchste Zeit war, dass er zurück nach Texas gekommen ist. Denn seine Familie wird Hilfe brauchen.

»Sie können draußen in der Scheune schlafen«, wendet sich Sarah Fisher an die beiden ehemaligen Soldaten. »Es tut mir leid, dass wir nichts Besseres haben, aber ich denke, dass …«

»Das ist schon in Ordnung, Mrs. Fisher«, versichert Tom mit einem dankbaren Lächeln. »Sie haben uns sowieso schon sehr geholfen. Wir sind Ihnen dafür dankbar.«

Mit diesen Worten erhebt er sich vom Tisch und nickt Ben zu, ihm zu folgen. Die Sonne steht allmählich weit im Westen, und es wird nicht mehr lange dauern, bis die Abenddämmerung über das weite Land hereinbricht. Tom und Ben haben einen langen Ritt hinter sich und sind ziemlich erschöpft. Sie wollen sich noch einmal richtig ausschlafen, bevor sie früh am nächsten Morgen weiter nach Süden aufbrechen. Denn Tom zieht es unaufhaltsam ins San Saba County. Das, was er von den Fishers erfahren hat, beunruhigt ihn doch mehr, als er vor Ben zugeben will.

*

Noch vor Sonnenaufgang verlassen Tom Cannon und Ben Warner die kleine Farm der Fishers. Es ist ein kurzer Abschied von den beiden entmutigten Farmersleuten, denn Tom kann sich gut vorstellen, was auf sie in den nächsten Tagen zukommt. Aber was sollen er und Ben dagegen tun? Sie können nichts unternehmen, denn es warten genügend andere Probleme auf sie.

Gegen Mittag erreichen sie einen kleinen Creek, dessen Verlauf sie in südwestlicher Richtung folgen. Sie halten erst wieder kurz vor Einbruch der Dunkelheit an und schlagen unweit einiger Dornbüsche ihr Nachtlager auf. Sarah Fisher hat ihnen noch einige Streifen Dörrfleisch mitgegeben, so dass sie sich jetzt noch eine Mahlzeit zubereiten können.

Tom findet in dieser Nacht fast überhaupt keinen Schlaf. Während er Bens tiefe, gleichmäßige Atemzüge vernimmt, starrt er gedankenverloren hinauf in den nächtlichen Himmel und blickt auf die zahlreichen gleißenden Sterne. Es ist ein lauer, warmer Abend, und er erinnert sich an viele solcher Abende, die er früher zusammen mit Linda verbrachte.

Mein Gott, wie schnell die Zeit vergangen ist, denkt er und fragt sich, ob ihn Linda überhaupt noch wiedererkennen wird, wenn er ins San Saba County zurückkehrt. Ob sie immer noch auf ihn wartet? Oder hat vielleicht schon ein anderer ihr Herz erobert, weil Tom schon so lange weg ist?

Er lässt sich seine Gefühle vor Ben nicht anmerken, als dieser am nächsten Morgen aufwacht. Ben wundert sich zwar darüber, dass Tom etwas missgelaunt wirkt, aber er macht sich nichts weiter daraus. Stattdessen kocht er eine Kanne starken Kaffee, der auch Tom guttut. Eine knappe halbe Stunde später haben die beiden Freunde ihre Sachen zusammengepackt, satteln die ausgeruhten Pferde und folgen dann weiter dem Bett des kleinen Creeks. Dieser Weg führt genau ins San Saba County.

Zwei Stunden später stoßen sie auf einen Wagenweg, wo Tom und Ben ihre Pferde zügeln und sich eine kleine

Ruhepause gönnen. »Wie weit ist es noch bis ins San Saba County?«, will Ben nun von ihm wissen.

»Am späten Nachmittag müssten wir unser Ziel erreichen«, erwidert Tom und zuckt plötzlich zusammen, als er drüben am Horizont einen Pritschenwagen auf der Straße auftauchen sieht. Ein Wagen, der vollgeladen ist mit Hausrat und Möbeln. Ohne ein weiteres Wort zu verlieren, gibt er seinem Pferd so rasch die Zügel frei, dass Ben Mühe hat, ihm sofort zu folgen.

Auch die Menschen auf dem Wagen sehen jetzt die beiden Reiter auf sich zukommen und halten an. Toms dumpfe Ahnung bewahrheitet sich, je näher er kommt. Er kennt den Mann und die Familie, die mit ihrem Hab und Gut im Begriff sind, das County zu verlassen. Der Name des Mannes ist Thor Anderson, ein schwedischer Einwanderer, der vor gut zehn Jahren in dieses Land kam, um es für sich und seine Familie urbar zu machen.

»Mr. Anderson!«, richtet Tom nun das Wort an den Schweden und sieht, dass Anderson nun auch erkennt, wer der Reiter ist. »Sie gehen weg von hier?«

»Es sind schlechte Zeiten, Mr. Cannon«, erwidert dieser in einem harten Akzent und weicht Toms Blicken in diesen Sekunden aus. »Ich gehe fort von hier, weil ich nicht will, dass meiner Familie etwas zustößt«

»Verdammt, was geschieht im San Saba County?«, fragt ihn Tom, muss dann aber erkennen, dass der Schwede darauf nicht antworten will. Stattdessen ist es Eva Anderson, die nun das Wort ergreift »Wir wollen nur in Frieden leben«, antwortet sie. »Und das können wir hier nicht mehr. Leben Sie wohl, Mr. Cannon. Gott schütze Sie und Ihre Familie.«

Noch bevor Tom die Frau erneut etwas fragen kann, hat Thor Anderson auch schon die Zügel des Pferdegespanns eigriffen und treibt die Tiere wieder an.

»Anderson – zur Hölle!«, ruft Tom dem Schweden hinterher. »So warten Sie doch!«

»Lass die Menschen, Captain«, sagt nun Ben. »Sie haben große Angst, das sieht man ganz deutlich. Du kriegst jetzt doch nichts aus denen heraus.«

Tom sieht ein, dass sein Sattelgefährte recht hat. So schaut er dem davonfahrenden Wagen nur nach und erblickt die drei Kinder der Andersons hinten auf der Ladefläche des Pritschenwagens hocken und ganz verängstigt dreinschauen. Und das sagt mehr aus als tausend Worte. Was auch immer in San Saba County geschehen sein mag – es muss schlimm sein!

»Ich habe dir ein friedliches Land versprochen, Ben«, sagt Tom »Aber du wirst wahrscheinlich deinen Hals riskieren, wenn du mit mir weiter reitest«

»Es ist nicht das erste Mal, dass ich das tue«, erwidert der untersetzte Ben Warner. »Captain, wir beide sind Schwierigkeiten doch gewohnt, und deswegen werde ich mit dir reiten.«

»Ich habe dir doch schon mal gesagt, dass ich kein Captain mehr bin, Ben«, versucht Tom ihm das klarzumachen, muss dann aber einsehen, dass er bei Ben damit nichts erreicht Deshalb schweigt er jetzt und reitet weiter – in die Richtung, aus der die Andersons gekommen sind.

Kapitel 3

»Verdammte Hitze!«, brummt der schnauzbärtige Clete Bishop und wischt sich mit seinen nervigen Händen den Schweiß aus der Stirn. Seine Kehle ist trocken, und er wäre jetzt auch am liebsten im Palace Saloon von San Saba, um sich einen hinter die Binde zu kippen. Aber er braucht nur einen kurzen Blick in die Miene von Hal Jordan zu werfen, um zu begreifen, dass er solche Gedanken am besten gleich vergisst.

»Stell dich nicht so an, Mensch!«, weist ihn in diesem Moment der hagere Hal Jordan auch schon zurecht »Mr. Stryker bezahlt dich nicht dafür, dass du dich über das

Wetter beschwerst, sondern dafür, dass du deine Augen offenhältst. Oder hast du das schon vergessen?«

»Nein«, erwidert Bishop und weicht dem kalten Blick des Revolvermannes aus. »Aber ich frage mich eben, was es eigentlich bringt, wenn wir hier draußen …«

»Ich glaube, du hast es immer noch nicht verstanden«, fällt ihm Jordan ins Wort Und diesmal klingt seine Stimme noch einen winzigen Tonfall schärfer. »Wir haben hier unseren Job zu tun, und der lautet nun mal, dass wir die Augen auf all die richten sollen, die ins County kommen. Mr. Stryker will das eben wissen. Nimm dir gefälligst ein Beispiel an Vance und Lowell. Die beklagen sich ja auch nicht!«

Bishop nickt nur und schluckt seinen Ärger herunter. Denn er weiß, dass mit einem Mann wie Jordan in solchen Momenten nicht gut Kirschen essen ist.

»Hal!«, erklingt auf einmal die Stimme des weißblonden Tim Lowell weiter oben in den Felsen, »Da kommen zwei Reiter von Norden her!«

Sofort hat der hagere Jordan vergessen, was er Bishop noch alles sagen wollte. Sein ganzes Interesse gilt jetzt dem Kumpan, der angestrengt durch ein Armeefernrohr den Horizont beobachtet. Sekunden später stößt Lowell einen Pfiff durch die Zähne.

»Das gibt's doch nicht!«, sagt er dann ganz aufgeregt und blickt zu Jordan. »Die Kerle tragen graue Uniformhosen! Hal, da sind zwei gottverdammte Rebellen ins County zurückgekommen!«

»Wir kriegen Arbeit, Jungs!«, ruft Hal Jordan seinen Kumpanen zu, während ein grausames Lächeln seine blassen Lippen umspielt »Diese Hungerleider knöpfen wir uns jetzt vor. Wir zeigen ihnen gleich, wer hier das Sagen hat. Und je eher die Kerle das begreifen, umso besser ist es. Clete!«, wendet er sich dann an den schnauzbärtigen schwitzenden Gunman, »Geh rauf zu Lowell und bleib dort in seiner Nähe. Vance, du kommst mit mir nach drüben zu den Büschen. Nun starre mich nicht so ungläubig an. Beeil dich, Mensch!«

Die Ruhe der Revolvermänner hat angesichts von Lowells Beobachtung ein jähes Ende gefunden. Wenige Augenblicke später haben die vier Revolvermänner ihre Posten bezogen und beobachten von ihrem Versteck aus die beiden näherkommenden, ahnungslosen Reiter.

»Rebellenhunde«, murmelt Hal Jordan gehässig und zieht seinen Colt aus dem Halfter. »Ihr werdet ganz schnell nach unserer Pfeife tanzen, oder ihr bekommt heißes Blei zu schmecken.«

*

»Was ist, Tom?«, will Ben von seinem Sattelgefährten wissen, als er sieht, wie dieser plötzlich das Pferd zügelt und seine Blicke nach allen Seiten schweifen lässt. »Weshalb hältst du auf einmal an? Ich dachte, wir hätten es eilig, die Ranch deines Vaters zu erreichen.«

Tom Cannon hört nur mit halbem Ohr darauf, was Ben Warner ihm zu sagen hat. Stattdessen interessiert er sich für die Dornbüsche weiter oberhalb des Weges, wo wenige Augenblicke zuvor ein Vogelschwarm plötzlich in den hellen Mittagshimmel aufstieg. Deshalb beobachtet Tom die betreffende Stelle einige Sekunden lang.

»Ich kann es nicht erklären«, murmelt er dann. »Aber da drüben stimmt was nicht. Wir sollten vorsichtig sein, Ben.«

»Captain, das ist sicher kein Hinterhalt der Yankees«, schmunzelt Ben, weil er sich keinen Reim darauf machen kann, weshalb Tom auf einmal eine solche Vorsicht an den Tag legt. »Der Krieg ist aus und vorbei. Ich glaube, wir beide müssen uns erst einmal daran gewöhnen, nicht gleich hinter jedem Felsen oder jedem Strauch einen Hinterhalt zu vermuten.«

»Ben, verdammt – das ist kein Scherz!«, fällt ihm Tom scharf ins Wort »Da drüben ist etwas.«

Noch ehe die letzten Silben verhallen, zerreißt auf einmal das trockene Bellen eines Schusses die Stille des Mittags. Die

Kugel schlägt wenige Yards vor den Hufen der Pferde in den Sand. Die Tiere sind so erschrocken, dass sie sich wild aufbäumen. Tom und Ben haben in diesen Sekunden Mühe, ihre Pferde wieder zu beruhigen. Es vergehen zwar nur wenige Augenblicke. Aber in dieser Zeit haben es die Kerle da drüben bei den Felsen geschafft, Ben und Tom auszutricksen.

»Du hattest recht«, murmelt Ben Warner, als er die beiden Kerle oben bei den Felsen erkennt. Und da sind noch zwei weitere, die sich in diesen entscheidenden Sekunden der Verwirrung in ihren Rücken geschlichen haben. Sie befinden sich schräg hinter Tom und Ben und haben nun ebenfalls ihre Waffen auf die beiden heimkehrenden Soldaten gerichtet

Tom spürt Bens Blicke. Natürlich will der ehemalige Sergeant nun von Tom wissen, was sie angesichts dieser bedrohlichen Lage unternehmen sollen.

»Abwarten«, flüstert er Ben zu. »Wenn diese Burschen uns wirklich umlegen wollen, dann hätten sie das auch schon längst tun können. Nämlich aus dem Hinterhalt! Nein, die haben was anderes mit uns vor.«

»He, ihr Rebellenschweine!«, erklingt nun eine höhnische Stimme in Toms Rücken. »Ihr habt wohl die Schnauze voll vom Krieg spielen, wie?« Er lacht gehässig auf bei diesen Worten, und die anderen Halunken fallen in das Gelächter mit ein.

»Mister, ich weiß nicht, wer Sie sind und was Sie von uns wollen!«, ruft Ben hinüber. »Aber der Krieg ist schon seit gut zwei Monaten vorbei. Also lassen Sie uns endlich weiterreiten!«

»So schnell geht das aber nicht, Johnny Reb!«, ruft nun ein bärtiger Bursche oben von den Felsen her. »Wir müssen euch erst einmal klarmachen, was hier im County auf euch wartet. Ihr werdet nämlich schön eure Waffen abgeben und sie uns überlassen. Besiegte brauchen keine Revolver mehr.

Sonst zettelt ihr Südstaatensturköpfe womöglich einen zweiten Krieg an!«

»Nicht unsere Waffen, Captain«, wendet sich Ben nun an Tom. »Wir sind sonst ganz aufgeschmissen.«

»Glaubst du, das wüsste ich nicht?«, erwidert Tom bissig. Denn er zerbricht sich bereits fieberhaft den Kopf darüber, wie sie heil aus dieser bedrohlichen Lage wieder herauskommen. Und dann wendet er sich wieder an diese Revolverfalken, die sich wohl einen Spaß mit ihnen machen wollen.

»Es gibt kein Gesetz, das uns verbietet, Waffen zu tragen!«, ruft er zu dem Anführer der Meute hinüber. »Und ich sehe auch nicht, dass einer von euch einen Stern trägt. Mit welchem Recht verlangt ihr also, dass wir euch unsere Revolver geben sollen?«

»Mit dem Recht des Stärkeren!«, kommt es zornig über die Lippen des hageren Revolvermannes. »Nun macht schon und schnallt endlich eure Holster ab. Oder wollt ihr es wirklich riskieren, gegen uns alle anzutreten? Das überlebt ihr beide gewiss nicht!«

»Und du erst recht nicht, Mister!«, erwidert Tom Cannon nun kaltschnäuzig. Er hat genug von den überheblichen Worten. Und deshalb ist er nicht mehr bereit, alles so kommentarlos hinunterzuschlucken. »Du und deine Kumpane werdet es zwar vielleicht schaffen, uns umzulegen – aber dich schicke ich zuvor noch über den Jordan!«

Die Augen des hageren Revolvermanns beginnen unruhig zu flackern, während er eine Spur blasser wird. Kein Zweifel, ihm passt es gar nicht, was Tom gerade gesagt hat. Knisternde Spannung hängt in der Luft Jetzt genügt nur ein einziges falsches Wort, und die Waffen werden sprechen!

Das ist der Moment, als plötzlich ganz in der Nähe Hufschläge erklingen. Tom wagt erst einen Blick zu riskieren, als er sicher sein kann, dass ihm und Ben nun keine Gefahr mehr zu drohen scheint. Denn diese Kerle haben die

Hufschläge natürlich auch gehört und blicken unwillkürlich in die Richtung, aus der sie kommen.

Eine Yankeepatrouille ist es, die nun hinter einer Hügelkuppe hervorgeritten kommt. Tom zuckt unwillkürlich zusammen, als er die blauen Uniformen der Reiter erkennt, und seinem Sattelgefährten Ben Warner ergeht es nicht anders. So schnell können die beiden ehemaligen konföderierten Soldaten nicht die blutigen Jahre des Krieges zwischen Nord und Süd vergessen. Und diese Erinnerungen werden beim Anblick der blau uniformierten Reiter wieder gegenwärtig.

Wenige Augenblicke später hat der Soldatentrupp die Felsen erreicht. Der Truppführer, ein noch recht junger Lieutenant, scheint zu ahnen, was hier gerade geschieht. Denn er hat natürlich die Reste der grauen Uniformen von Tom und Ben sofort erkannt, und seine Blicke sind verächtlich, als er von Kopf bis Fuß die beiden Männer weiter mustert.

»Was ist hier los?«, wendet er sich dann in schneidendem Ton an Tom.

»Also, das ist doch …«, entfährt es Ben zornig, aber Tom winkt nur kurz ab. Weil er begriffen hat, was es bedeutet, fortan zu den Besiegten zu gehören.

»Wir haben nichts getan, Lieutenant«, antwortet Tom nun mit ruhiger Stimme. »Wir sind hier vorbeigeritten, als uns diese Burschen da plötzlich auflauerten und Streit mit uns anzufangen versuchten. Ist das vielleicht der Frieden, den man General Lee in Appomattox versprochen hat?«

Der Lieutenant erwidert im ersten Moment nichts auf Toms Bemerkung. Stattdessen wendet er sich an den hageren Revolvermann. »Jordan, ich will Ihren Teil der Geschichte hören. Ich warte!«

»Glauben Sie ja nicht, was dieser Rebell da von sich gibt!«, sagt Jordan zu dem Offizier, »Meine Freunde und ich hielten es nur für unsere Pflicht, diesen Kerlen gleich von Anfang an klarzumachen, was sie im San Saba County erwartet. Wenn die das Streit nennen, dann ist es nichts als Lüge.«

Der Lieutenant scheint einen winzigen Moment lang zu überlegen. Erst dann dreht er sich wieder im Sattel um und wendet sich an Tom und Ben.

»Wie ist Ihr Name, Mister?«

»Tom Cannon«, erwidert der ehemalige Captain. »Und das ist mein Partner Ben Warner. Das San Saba County ist meine Heimat, Lieutenant. Wenn Sie schon länger hier sind, dann kennen Sie bestimmt die Ranch von Bill Cannon? Das ist mein Vater.«

»Ich wusste, dass mir dieser Name in unangenehmer Erinnerung ist«, bekommt Tom nun zu seinem Erstaunen zu hören. »Sie haben sich nicht gerade eine günstige Zeit ausgesucht, um wieder nach Hause zu kommen. Ich warne Sie jetzt schon, Cannon. Wenn Sie auf Ärger scharf sind, dann sind Sie schneller hinter Gittern als Ihnen das lieb ist. Verhalten Sie sich friedlich, und Sie werden keinerlei Probleme haben. Habe ich mich klar und verständlich ausgedrückt?«

Irgendetwas liegt in den Worten des Yankeeoffiziers, das Tom zu denken gibt. Aber er hat auch begriffen, dass er sich ruhig verhalten muss.

»Für mich und Ben ist der Krieg vorbei, Lieutenant«, erklärt er dann dem Offizier in der blauen Uniform. »Wie ich schon sagte – ich bin nach Hause gekommen und versuche zu vergessen, was in den letzten vier Jahren geschehen ist.«

»Gut, Sie können weiter reiten«, entscheidet der Lieutenant schließlich. »Und kommen Sie ja nicht auf den Gedanken, Ihre Waffe zu benutzen. Sonst sorge ich persönlich dafür, dass Sie für lange Jahre hinter Gitter kommen, Cannon.«

Tom liegt zuerst eine heftige Erwiderung auf der Zunge. Dann aber überlegt er es sich doch anders, schluckt seinen anfänglichen Ärger hinunter und nickt Ben zu. Die beiden Männer geben ihren Pferden die Zügel frei und reiten los. Während der Revolvermann Jordan sich noch bei dem Offizier beklagt, dass er diese verdammten Rebellen so einfach hat davonziehen lassen. Aber diesen Wortwechsel bekommen Tom und Ben nicht mehr mit. Sie wollen nur noch eins – so schnell wie möglich nach San Saba.

*

Sie spüren die Blicke der Menschen zu beiden Seiten der staubigen Straße, die mitten durch San Saba führt. Die Stadt ist größer geworden in all den Jahren. Neue Gebäude sind hinzugekommen, andere wiederum sind einfach verschwunden. Während Tom und Ben die Mainstreet entlang reiten, glaubt Tom das eine oder andere bekannte Gesicht zu erkennen. Aber keiner der Stadtbewohner scheint es zu wagen, offen auf Tom zuzugehen. Ob das an den vielen Soldaten liegt, die gerade vorbeireiten und den offensichtlich ehemaligen Konföderierten verächtliche Blicke zuwerfen?

»Bei Gott, ich glaube, ich träume!«, erklingt plötzlich eine krächzende Stimme aus einer Seitenstraße, die Tom und Ben gerade passieren. »Bist du das wirklich, Tom Cannon?«

Die Stimme kommt Tom merkwürdig vertraut vor. Deshalb hält er kurz an und wirft einen Blick in die Seitenstraße hinein. Dann sieht er den dürren, alten Burschen in schmutzigen Kleidern, erkennt sofort das Grinsen im hässlichen, stoppelbärtigen Gesicht des Mannes.

»Pinky!«, ruft Tom nun, als er sieht, wie der Dürre zu wanken beginnt »Mensch, Pinky, du warst schon vor dem Krieg ein Säufer und bist es tatsächlich immer noch.«

Pinky grinst nun.

»Einen Säufer lassen die Yankees wenigstens in Ruhe«, erwidert er und vergewissert sich mit einem kurzen Blick nach hinten, dass niemand in der Nähe ist, der diese Worte mitbekommt »Bist du gekommen, um nach deinem Bruder zu sehen?«

»Was ist mit Steve?«, will Tom nun von dem Alten wissen, weil er natürlich nicht versteht, worauf Pinky hinauswill. »Mensch, nun rede endlich. Ich bin gerade erst angekommen und weiß nicht was …«

»Geh ins Jail, Tom«, antwortet Pinky und weicht den Blicken Toms in diesen Sekunden aus. »Da wirst du deinen Bruder Steve finden. Die Yankees haben ihn eingebuchtet. Da sitzt er schon fast zwei Wochen.«

»Weswegen?«, fragt Tom den Alten, während das Gefühl aufkommender Panik in ihm immer stärker wird. »Heraus damit, Pinky!«

»Sie sagen, Steve hätte Streit mit den Yankees gehabt. Er soll einen Soldaten verwundet haben, und deswegen wollen sie ihn vor Gericht bringen. Wenn du deinem Bruder noch helfen willst, dann musst du dich beeilen, Tom Cannon!«

Tom hört nicht mehr, was Pinky ihm noch zuruft. Denn er treibt sein Pferd jetzt an wie ein Besessener. Er will so schnell wie möglich das Jail von San Saba erreichen, das gut hundert Yards weiter unten an der linken Straßenseite liegt. Ben hat große Mühe, seinem alten Kriegsgefährten zu folgen. Er kann die Aufregung, die von Tom Cannon Besitz ergriffen hat, förmlich spüren. Wie wäre es wohl ihm selbst ergangen, wenn er nach langen Jahren endlich wieder nach Hause käme und nun feststellen müsste, was für schlimme Dinge in der Zwischenzeit geschehen sind?

Wenige Augenblicke später haben Tom und Ben das Gebäude erreicht, in dem sich das Gefängnis befindet. Es ist ein solides, zweistöckiges Haus, ganz aus Stein gebaut. Tom zügelt sein Pferd etwas härter, als er das ursprünglich beabsichtigt hat. Aber mittlerweile ist ihm auch klar geworden, weshalb der Offizier so wütend war, als Tom ihm seinen Namen nannte. Weil der Lieutenant natürlich wusste, dass Toms Bruder Steve im Gefängnis sitzt!

»Nun warte doch, Tom!«, ruft ihm Ben zu, als er sieht, wie hastig Tom aus dem Sattel steigt. Er bindet sein Pferd noch nicht einmal am Pfosten vor dem Gehsteig fest, sondern geht gleich auf die Tür zum Sheriffs Office zu. Er reißt sie einfach auf und geht hinein, denn er ist fest entschlossen mit Sheriff Masters einige deutliche Worte zu wechseln.

Bei seinem Eintreten blickt ein dunkelhaariger Mann hinter dem Schreibtisch überrascht auf. Tom ist erstaunt, als er in das sonnenverbrannte Gesicht des Mannes sieht.

»Was starren Sie mich so an, Mister?«, will der Mann nun von Tom wissen und registriert nun auch die Reste der grauen Uniform an Tom. Wahrscheinlich wird deswegen jetzt sein Blick eine Spur abweisender. »Sie haben wohl nicht gelernt, vorher anzuklopfen, wie?«

»Wo zum Teufel ist Sheriff Masters?«, will Tom wissen, »Ich muss dringend mit ihm reden!«

Der Mann hinter dem Schreibtisch grinst und erhebt sich von seinem Stuhl. Erst jetzt sieht Tom das Abzeichen, das auf seinem blauen Hemd blinkt.

»Ich bin jetzt der neue Sheriff von San Saba, Mister«, bekommt Tom nun zu hören. »Mein Name ist Dan Galloway. Und wer sind Sie?«

Tom nennt seinen Namen und erkennt das plötzliche Aufflackern in den Augen des neuen Gesetzeshüters.

»Ich bin gekommen, um meinen Bruder zu sehen, Sheriff«, erwidert Tom. »Auch wenn ich lange weg war, so gibt es kein Gesetz, das es verbietet, meinen Bruder im Jail zu besuchen. Also, wo ist er?«

»Ich glaube, Sie sind ziemlich heißblütig«, antwortet Galloway mit einem abfälligen Blick. »Cannon, Sie haben wohl noch nicht begriffen, dass Sie den Krieg verloren haben. Vergessen Sie lieber Ihr arrogantes Rebellenverhalten - sonst werden Sie keine Zukunft im San Saba County haben. Geben Sie mir Ihre Waffe - erst dann lasse ich Sie zu Ihrem Bruder gehen. Das betrifft auch Sie, Mister!«

Die letzten Worte Galloways gelten Ben, der inzwischen neben Tom angekommen ist Schweigend schnallen beide ihre Gurte ab und legen sie auf den Schreibtisch des Sheriffs. Dieser nickt und tritt dann zur Seite.

»Er sitzt hinten in der letzten Zelle, Cannon«, sagt er zu Tom, »Ich gebe Ihnen fünf Minuten, aber nicht mehr. Nutzen Sie diese Zeit!«

Tom erwidert gar nichts auf die anmaßenden Bemerkungen des neuen Sheriffs, der sicherlich ebenfalls auf der Lohnliste der Yankees steht. Er scheint jeden Texaner zu hassen, und niemand kann etwas dagegen tun, denn er hat die Macht der Besatzungsarmee in seinem Rücken. Und dagegen kommt niemand an!

Tom öffnet die Tür, die in den Zellengang führt. Mit schnellen Schritten geht er den Gang entlang, bis er schließlich die betreffende Zelle erreicht hat. Im selben Moment erhebt sich ein junger blonder Bursche von seiner Pritsche und reißt erstaunt die Augen auf, als er auf einmal begreift, wer da vor ihm steht.

»Tom!«, ruft Steve Cannon voll grenzenloser Erleichterung. »Verdammt, Tom – endlich bist du gekommen!« Er streckt beide Hände durch das Zellengitter und ergreift die Hand seines älteren Bruders, den er so sehr vermisst hat »Jetzt glaube ich doch noch, dass es eine Chance für uns gibt!«

Tom sieht wie aufgeregt sein Bruder ist, und hat ziemliche Mühe, Steve erst einmal zu beruhigen.

»Ich war die letzten Monate in einem Gefangenenlager der Yankees, Steve«, sagt Tom knapp und stellt ihm bei dieser Gelegenheit auch Ben Warner vor. »Sie haben uns erst entlassen, nachdem all die anderen schon längst in Freiheit waren. Aber das zählt jetzt nicht. Steve, was um Himmels Willen geschieht in diesem County? Erzähl es mir, damit ich nicht verrückt werde. Ich habe gehört, dass du auf einen Soldaten geschossen haben sollst?«

Steve nickt heftig.

»Was hättest du denn getan, wenn diese verdammten Yankees zusammen mit den Steuereintreibern auf die Ranch kommen und die halbe Rinderherde stehlen?«, stellt Steve seinem Bruder die Gegenfrage. »Konfiszieren nennen sie das – aber es sind alles Diebe, sage ich dir. Die wollen uns fertigmachen – und zwar jeden einzelnen von uns. Viele kleine Rancher und Farmer haben schon aufgeben müssen. Einige haben schon das County verlassen.«

»Ich weiß«, murmelt Tom ergriffen, »Ich bin Thor Anderson und seiner Familie einige Meilen vor der Stadt begegnet«

»Das ist erst der Anfang«, fährt Steve nun fort und ballt seine Fäuste vor Zorn, »Bald sind auch die größeren Ranches an der Reihe, Tom. Pa und Nancy werden dem Druck der Steuereintreiber nicht mehr lange standhalten können, keiner von uns kann diese hohen Steuern zahlen. Deswegen habe ich versucht zu verhindern, dass die Yankees uns in den Ruin treiben. Ich nahm meinen Colt und wollte sie daran hindern, uns die Rinder zu stehlen, und da habe ich einen dieser Blaubäuche angeschossen.«

»So ist das also«, murmelt Tom und streicht sich gedankenverloren übers Kinn. »Und deswegen sperrt man dich also hier ein und will dir den Prozess machen?«

»Galloway, der neue Sheriff, ist von den Yankees gekauft, Tom«, berichtet Steve nun seinem älteren Bruder. »Und der Major der Yankees, der für das County zuständig ist, will uns ausbluten lassen. Der Krieg zwischen Nord und Süd ist noch lange nicht vorbei – er hat gerade erst richtig angefangen. Und die Opfer sind die einfachen Menschen, die nie selbst an der Front gekämpft haben. Du musst etwas unternehmen, Tom – sonst sind wir alle verloren. Unsere Ranch darf nicht in die Hände dieser Carpetbaggers fallen!«

Die letzten Worte Steves sind eine einzige Bitte, und Tom kann gut verstehen, was in diesen Sekunden in seinem Bruder vorgeht.

»Conrad Stryker!«, sagt Steve nun, und bei diesem Namen klingt sein Tonfall noch etwas zorniger, als es ohnehin schon der Fall ist »Diesen Namen musst du dir merken, Tom. Er ist der Mann, der jetzt im San Saba County zu bestimmen hat. Vor gut drei Monaten kam er mit seinen Revolvermännern nach San Saba. Wenige Wochen später hatte er schon das ganze County unter seiner Kontrolle. Er hat schon einen großen Teil des Landes aufgekauft und wird auch dafür sorgen, dass die anderen Ranches und Farmen in seinen Besitz übergehen. Und die Armee und das Gesetz schützen ihn – das ist ein Teufelskreis, sage ich dir!«

»Steve, du musst jetzt Ruhe und Geduld haben«, sagt Tom. »Es ist zwar leicht gesagt, aber uns bleibt keine andere Möglichkeit. Ich werde sofort hinaus zur Ranch reiten.«

»Tom, wenn die anderen erfahren, dass du wieder zurück bist, dann haben wir vielleicht noch eine Chance«, fügt Steve hinzu. »Wir müssen alle zusammenhalten und uns gegen diese Ungerechtigkeiten wehren. Du bist der Mann, der das schaffen kann, und deshalb ist es gut, dass du endlich da bist«

»Ich werde sehen, was ich tun kann, Steve«, verspricht Tom seinem jüngeren Bruder. Eigentlich will er noch so viel mehr sagen, aber in diesem Moment betritt Sheriff Galloway den Zellengang.

»Die fünf Minuten sind um, Rebell!«, sagt er in einem unmissverständlichen Tonfall. »Die Sprechzeit ist vorbei, verstanden?«

Tom drückt noch einmal kurz Steves Hand und wendet sich dann erst ab. Er will Galloway keine Gelegenheit geben, ihn weiter zu provozieren, sonst bringt ihn der neue Gesetzeshüter von San Saba womöglich auch noch hinter Gitter. Und damit wäre niemandem in dieser angespannten Situation geholfen.

»Wie lange wollen Sie hierbleiben, Cannon?«, fragt ihn Galloway, während Tom und Ben wieder ihre Waffen an sich nehmen. »Unruhestifter können wir im San Saba County nicht gebrauchen.«

»Ich bin hier zuhause, Sheriff Galloway«, erwidert Tom und betont das Amt des Gesetzeshüters auf eine Weise, die Galloway wütend dreinblicken lässt »Und ich werde hierbleiben.«

»Dann verhalten Sie sich ruhig und befolgen Sie die neuen Gesetze, Mister!«, rät ihm Galloway unverfroren. »Dann werden Sie auch keinen Ärger bekommen.«

Damit ist alles gesagt. Tom und Ben verlassen das Office des neuen Sheriffs und steigen wieder in die Sättel der Pferde. Bens Miene wirkt ziemlich nachdenklich, als er sich an Tom wendet.

»Was wirst du tun?«, will er von seinem Freund wissen.

»Ich weiß es noch nicht«, erwidert Tom «Aber eines werde ich ganz sicher nicht tun – untätig zusehen, wie gewissenlose Geschäftemacher aus dem Norden unser stolzes Texas ruinieren.«

Mit diesen Worten gibt er seinem Pferd die Zügel frei und reitet los. Ben folgt dem ehemaligen Captain. Minuten später haben sie die letzten Häuser von San Saba hinter sich gelassen. Einst war es eine blühende und wachsende Stadt, die noch eine Zukunft vor sich hatte. Aber der verlorene Krieg und der Zerfall der Konföderation scheinen alles zunichte gemacht zu haben.

Kapitel 4

Bill Cannon erkennt die verbissenen Mienen der Männer, die jetzt zurück auf den Ranchhof geritten kommen. Einst beschäftigte der Rancher mehr als zwanzig Männer. Jetzt sind ihm nur noch fünf geblieben, und es sieht ganz danach aus, als wenn er auch diese Cowboys bald ziehen lassen muss. Denn die Double-C-Ranch wird dem Druck der Steuereintreiber ebenfalls nicht mehr lange standhalten können.

»Was ist, Hank?«, will der grauhaarige Rancher nun von seinem Vormann wissen. »Was habt ihr herausgefunden?«

»Es wird immer schlimmer, Boss«, erwidert Hank Ketchum, und seine Gefährten nicken ebenfalls. »Wir waren draußen in den Hügeln, um die letzten Rinder aus den Dornbüschen zu holen. Dabei sind wir auf Strykers Leute gestoßen. Diese verdammten Hundesöhne wollten uns einschüchtern. Es hat Ärger gegeben. Andy hat sich einen Streifschuss eingehandelt.«

Er zeigt auf einen hageren Mann, der einen frischen Verband um seinen rechten Oberarm trägt. Seine Miene wirkt angespannt. Die Wunde muss schmerzen, aber er ist zu stolz, um das nach außen hin allzu deutlich zu zeigen.

»Diese Schufte!«, brummt Bill Cannon, während die Männer aus den Sätteln steigen und die Tiere hinüber zum Corral bringen. »Und das Gesetz verschließt vor diesem Terror auch noch die Augen!«

Er folgt den Cowboys und sieht, wie Hank Ketchum und zwei weitere Männer nun zögernd auf ihn zukommen. Sie weichen den fragenden Blicken Bill Cannons aus. Wahrscheinlich, weil sie noch nicht so recht wissen, wie sie es ihrem Boss beibringen sollen. Aber Cannon hat schon längst geahnt, was nun kommen wird. Deshalb bleibt er ganz ruhig und gefasst, als er zuerst das Wort an seine Männer zu richten beginnt.

»Ich weiß, was ihr mir sagen wollt«, sagt er. »Also ruhig heraus damit. Ihr wollt gehen, nicht wahr? Nun spuckt es aus – ich werde keinem von euch Vorwürfe machen, wenn er seine Sachen packen will.«

Die Cowboys werfen sich gegenseitig verlegene Blicke zu. Schließlich ergreift Ketchum für die meisten von ihnen das Wort.

»Boss, Sie müssen uns verstehen«, sagt er. »Aber wir sehen keine Zukunft für uns mehr im San Saba County. Steve sitzt im Gefängnis, die meisten der Rinder sind von den Yankees schon beschlagnahmt, und wann Tom zurückkommt, das weiß keiner von uns. Die Double-C-Ranch ist am Ende!«

»Feiglinge seid ihr!«, erklingt auf einmal eine helle Frauenstimme vom Ranchhaus herüber. Die Cowboys fahren im ersten Moment zusammen und sehen Nancy Cannon, die Tochter des Ranchers, die wohl mitbekommen hat, was die Cowboys ihrem Boss zu sagen haben. Und dass Nancy die

Männer jetzt als feige bezeichnet, das hört wohl keiner von ihnen gerne.

»Miss Nancy, Sie wissen doch auch, dass es so nicht weiteigehen kann«, meldet sich nun der kleine Josh zu Wort »Sie können nicht verlangen, dass wir unser Leben für eine Sache riskieren, die eigentlich schon …«

Nancy Cannon hält es jetzt nicht mehr länger zurück. Sie verlässt die schattige Veranda des Ranchhauses und geht hinüber zum Corral. Der aufkommende Nachmittagswind weht durch ihr langes blondes Haar. In diesen Sekunden wirkt sie zornig und entschlossen zugleich und hat gar nichts mehr von dem kleinen Mädchen an sich, das viele der Cowboys auf der Ranch haben aufwachsen sehen.

»Dann geht doch – aber verschwindet am besten gleich!«, schleudert sie den Cowboys ihre anklagenden Worte ins Gesicht, »Pa und ich kommen auch allein zurecht. Irgendwann wird Tom zurückkommen. Er wird schon dafür sorgen, dass die Double-C-Ranch nicht in fremde Hände fällt.«

Einige der Männer lassen betreten den Köpf sinken. Weil sie wissen, wie recht das Mädchen im Grunde genommen hat. Aber Andy ist verletzt worden, und wenn das so weitergeht, dann wird es auch bald Tote geben. Das Leben aufs Spiel setzen – das möchte keiner der Cowboys.

»Miss Nancy, wir wollen …«, versucht es der hagere Ketchum erneut, bricht dann aber mitten im Satz ab, als er zufällig hinaus zur weiten Ebene blickt und erkennt, wie zwei Reiter direkt aus dem Sonnenlicht herangeritten kommen. Ihre Konturen sind auf diese Entfernung hin recht unscharf, aber je näher sie kommen, umso vertrauter wirkt der vordere der beiden.

Bill Cannon kann sich nicht erklären, weshalb er von einem Augenblick zum anderen seltsam nervös wird, als auch er die Reiter erblickt. Nancy vergisst für einige Sekunden die zornigen Worte, die sie den Double C-Cowboys gerade noch ins Gesicht schleudern wollte. Stattdessen beobachtet sie die beiden Reiter immer genauer, und ihre eben noch zornige Miene spiegelt nun eine Mischung aus Staunen und Erleichterung wider.

»Ich träume«, murmelt sie fassungslos und blickt dann zu ihrem Vater, der ebenfalls zu begreifen scheint, was seine Tochter gesehen hat. »Pa – er kommt zurück. Oh Gott, er ist es wirklich!«

Sie rennt einfach los, den beiden näherkommenden Reitern entgegen und strahlt über das ganze, hübsche Gesicht.

»Tom!«, ruft sie mit lauter Stimme und kann ihr Glück noch gar nicht fassen. »Tom, was für ein Glück!«

Sie sieht nun, wie Tom sein Pferd antreibt und es erst wieder zügelt, als er Nancy erreicht hat. Dann springt er aus dem Sattel und eilt auf seine Schwester zu. Sie fallen sich in die Arme, und Nancy drückt ihren Bruder so fest an sich, als wolle sie ihn nie wieder loslassen.

»Tom, ich bin so froh, dass du da bist«, murmelt sie dann, während sie sich schließlich wieder langsam von ihm löst. »Gerade noch im rechten Moment. Die Cowboys wollen die Ranch verlassen, weil …« Sie gerät ins Stocken, weil sie so aufgeregt ist, dass sie Mühe hat, ihre Gedanken in Worte zu fassen.

»Ich habe schon einiges gehört, was im San Saba County geschieht, Nancy«, erwidert Tom. »Aber zunächst muss ich Pa begrüßen. Würdest du dich in der Zwischenzeit um meinen Partner Ben Warner kümmern? Er diente unter mir als Sergeant im Krieg, und seitdem reiten wir zusammen.«

»Vielleicht begrüßt mich deine Schwester ja auch so freundlich wie dich, Tom«, schmunzelt Ben, dem Nancys Schönheit natürlich nicht entgangen ist. Er muss grinsen, als ihm auffallt, wie Nancy bei seinen Worten die Augen niederschlägt und sogar ein wenig errötet. »Entschuldigen Sie, Lady«, fährt er dann hastig fort, als er Nancys Verwirrung bemerkt. »In den letzten Wochen habe ich wohl meine guten Manieren vernachlässigt.«

Während er ebenfalls vom Pferd steigt, ist Tom schon bei seinem Vater. Der grauhaarige Rancher geht seinem ältesten Sohn entgegen und ergreift dessen Hand, drückt sie lange und kräftig zugleich. Bill Cannon war schon immer ein Mann, der noch nie seine Gefühle deutlich gezeigt hat Aber jetzt braucht man nur einen einzigen Blick in die zerfurchte Miene des Ranchers zu werfen, um die Freude und Erleichterung zu erkennen.

»Willkommen zuhause, Junge«, sagt Bill Cannon leise zu Tom. »Es ist keine gute Zeit, die du dir für deine Rückkehr ausgesucht hast. Falls du es noch nicht weißt – Steve ist in San Saba im …«

»Ich komme gerade von dort«, unterbricht ihn Tom »Ich habe auch schon erfahren, dass man dem Gesetz in diesem County nicht mehr trauen kann. Ich habe auch gehört, dass es hier einen Mann namens Conrad Stryker gibt, der alles Land an sich reißen will – und dass gute und einst zuverlässige Cowboys ihren Rancher im Stich lassen wollen!«

Toms letzte Worte gelten den Männern, die auf der Lohnliste der Double C-Ranch stehen.

»Wenn alle kneifen und sich nicht wehren, dann ist es klar, dass die Yankees mit uns Texanern leichtes Spiel haben werden«, fährt Tom fort, »Ihr könnt verdammt stolz darauf sein, wie ihr euch jetzt verhaltet. Was für ein Glück, dass Davy Crockett und Jim Bowie das nicht mehr mitbekommen. Sie würden sich wahrscheinlich im Grab umdrehen, wenn sie jetzt sehen würden, wie es um den so berühmten Stolz der Texaner bestellt ist!«

Das hat gesessen. Man kann einem texanischen Cowboy vieles vorwerfen, aber wenn es um seinen Stolz geht, dann trifft man die Achillesferse. Natürlich weiß das Tom, aber er will damit erreichen, dass sich die Cowboys noch einmal überlegen, ob sie wirklich alles im Stich lassen wollen, wofür sie die letzten Jahre gearbeitet haben.

»Worauf wartet ihr noch?«, fährt Tom die Cowboys an, als er deren verlegenes Zögern bemerkt. Ein Zeichen dafür, dass er die Männer an ihrer verwundbarsten Stelle getroffen hat – und genau das wollte er mit seinen Worten auch bezwecken.

»Was wollen Sie tun, Tom?«, fragt Hank Ketchum stellvertretend für seine übrigen Gefährten. Er spürt, dass Tom nicht mehr der Junge ist, den er einmal gekannt hat. Nein, Tom ist reifer und auch härter geworden. Entschlossenheit geht von ihm aus, eine Tatsache, die man nicht einfach übersehen kann.

»Ich werde mit allen Ranchern sprechen«, sagt Tom nun zu den Cowboys. »Wenn wir uns zusammentun, dann werden diese geldgierigen Burschen uns nichts mehr wegnehmen können. Wir sind zwar die Verlierer eines Krieges, mit dem die meisten von euch gar nichts zu tun hatten. Aber wir sind Texaner – das darf nie jemand vergessen, versteht ihr?«

Und ob das die Cowboys verstehen. Sie nicken schließlich, und es ist wiederum Hank Ketchum, der das Wort ergreift. »Gut, wir bleiben, Tom«, entscheidet er, »Unseren Stolz lassen wir uns nicht nehmen!«

Er blickt bei diesen Worten in die Runde und stellt fest, dass die anderen Cowboys ebenfalls nicken. Bill Cannon kommt aus dem Staunen nicht heraus, als er das alles beobachtet. Noch vor wenigen Minuten waren diese Männer bereit, die Ranch zu verlassen und alles aufzugeben. Aber dann ist Tom gekommen und hat sie mit wenigen Worten davon überzeugen können, dass es besser ist, nicht den Kopf in den Sand zu stecken, sondern sich zu wehren.

Auch er bemerkt, dass sich sein ältester Sohn sehr verändert hat. Tom ist zu einer Führungspersönlichkeit geworden. Er besitzt etwas, womit er andere für sich gewinnen kann. Der grauhaarige Rancher spürt das und ist stolz auf Tom.

»Pa, dieser Bursche da drüben ist übrigens Ben Warner«, sagt Tom nun, nachdem die Cowboys zurück ins Bunkhouse gegangen sind. »Er war mein Sergeant im Krieg, und seit dieser Zeit sind wir zusammengeblieben. Ich habe ihm gesagt, dass auf der Double C-Ranch Männer wie er immer gebraucht werden.«

»Selbstverständlich, Junge«, pflichtet ihm Bill Cannon sofort bei und schüttelt Bens Hand. »Auch wenn die Zeiten nicht gerade die besten sind, so heiße ich Sie willkommen, Ben Warner. Die Freunde Toms sind auch meine Freunde. Und jetzt kommt erst einmal ins Haus. Ihr wollt doch bestimmt was essen nach dem langen Ritt!«

*

Tom und Ben spüren erst jetzt wieder, wie hungrig sie sind. Sie lassen nichts übrig von der schmackhaften Mahlzeit, die ihnen Nancy zubereitet hat. Anschließend holt Bill Cannon eine Flasche Old Crow Whiskey aus dem Schrank und gießt drei Gläser voll ein. Tom kippt den Whiskey hinunter und spürt die wohlige Wärme, die sich in seinem Magen ausbreitet. In solch gemütlichen Augenblicken hat er Mühe zu glauben, dass all das, was er in den letzten Jahren erlebt hat, wirklich geschehen ist.

»Steve hat mir von Conrad Stryker erzählt, Pa«, wendet sich Tom an seinen Vater, »Ich will mehr über ihn wissen. Erzähl mir von ihm.«

Bill Cannon und seine Tochter werfen sich zögerliche Blicke zu, bevor er das Wort ergreift. Das registriert Tom natürlich, aber er sagt nichts dazu, sondern wartet gespannt ab, was ihm sein Vater berichten will.

»Wenn ich genau darüber nachdenke, dann ging das alles eigentlich verdammt schnell«, beginnt der Rancher. »Eines Tages stieg dieser Bursche aus der Kutsche, und er brachte diese Revolvermänner mit. Schon an den folgenden Tagen errichtete er in der Stadt sein Land Office und begann, Land aufzukaufen. Dann streckte er seine gierigen Finger nach den kleinen Farmen aus. Zusammen mit den Steuereintreibern der Yankees schaffte er es, innerhalb eines Monats einen großen Teil des Farmlandes südlich vom Rio Concho an sich zu reißen. Jetzt will er unser Land in der Brasada haben, und ich habe die schlimme Ahnung, dass es ihm auch bald gelingen wird. Denn der Richter, der Sheriff und auch die Armee sind alle auf seiner Seite.«

»Einen Teil unserer Rinderherde hat die Armee bereits konfisziert«, meldet sich nun auch Nancy zu Wort. »Als Ausgleich für die angeblich fälligen Steuern. Und bei Carl Cummings, da hat Stryker auch schon was unternommen.«

Die letzten Worte kommen Nancy nur zögerlich über die Lippen. Tom ist das nicht entgangen, und deshalb hakt er sofort nach. »Was hat Stryker unternommen, Nancy?«, fragt er ungeduldig, »Nun rede schon!«

Als Nancy nicht gleich antwortet, kommt ihr der Vater zu Hilfe. »Was soll's, Junge? Du hättest es sowieso erfahren. Conrad Stryker hat es auf Linda abgesehen. Als ich zuletzt bei Carl war, hat er mir anvertraut, dass Stryker ihm sämtliche Steuern erlassen will, wenn er dafür Linda bekommt.«

Nun ist es heraus. Bill Cannon sieht, wie Tom wütend die Fäuste ballt. Nun ist es aus und vorbei mit der anfänglichen Ruhe und Gelassenheit, die er vorhin noch vor den Cowboys an den Tag gelegt hat. Denn was er gerade zu. hören bekommen hat, das macht ihn zornig.

»Und was sagt Linda dazu?«, fragt Tom.

»Ich weiß es nicht«, erwidert sein Vater achselzuckend. »Es ist alles eine ziemlich verfahrene Situation, weißt du? Denn wenn sie einwilligt, dann kann sie die Ranch ihres Vaters retten. Andererseits aber wart ihr beide ein Paar, bevor du wegggingst von hier. Aber Stryker ist ein mächtiger Mann. Er kann Carl Cummings vernichten, wenn er will. Und wenn er erst die Cummings-Ranch an sich gerissen hat, dann wird es auch nicht mehr lange dauern, bis auch die anderen an der Reihe sind.«

»Dazu wird es aber nicht kommen!", ereifert sich Tom und erhebt sich hastig vom Tisch, »Ich reite sofort hinaus zur Cummings-Ranch und spreche mit Linda.«

Er winkt kurz ab, als er sieht, wie auch Ben aufstehen will.

»Nein, Ben«, schüttelt er dann den Kopf. »Bleib du hier und sieh zu, dass es wenigstens hier keinen Ärger gibt Es gibt Dinge, die man manchmal allein regeln muss, verstehst du?«

»Wie du willst, Captain«, erwidert Ben achselzuckend und setzt sich wieder hin. Natürlich hat er längst erkannt, was in Tom vorgeht. Ohne weitere Worte zu verlieren, verlässt Tom Cannon das Ranchhaus. Minuten später sitzt er schon im Sattel seines Pferdes und treibt das Tier hart an. Sein Ziel ist die Cummings-Ranch, die nur eine knappe Stunde weiter westlich liegt. Und seine Gedanken kreisen um Linda.

*

»Boss, wir kriegen Besuch!«, erschallt die krächzende Stimme von Shorty Smith über den Ranchhof. Der kleine Cowboy, der noch eben am Corral mit den Pferden zugange war, hält nun in seiner Arbeit inne, als er die beiden Reiter kommen sieht. Dann greift er schnell nach seinem Gewehr und blinzelt in die grelle Nachmittagssonne.

»Gütiger Himmel – das ist doch dieser Aasgeier Stryker!«, ruft er wütend. »Soll ich ihn aus dem Sattel schießen?«, will er dann von seinem Rancher wissen.

»Halt dich zurück, Shorty!«, ruft Carl Cummings dem einzigen Cowboy zu, der ihm noch geblieben ist. All die anderen Männer haben angesichts der schlimmen Verhältnisse im San Saba County längst die Ranch verlassen. Carl Cummings ist natürlich verbittert darüber, aber niemand hat die Cowboys aufhalten können.

Er empfindet ohnmächtige Wut, als er den Mann auf den Hof seiner Ranch reiten sieht, dem er das letztendlich zu verdanken hat – Conrad Stryker. Er blickt in das glatt rasierte Gesicht eines gutgekleideten Mannes, der ihm scheinbar freundlich und jovial zulächelt, während er sein Pferd direkt vor dem Ranchhaus zügelt. Aber dieses Lächeln erreicht Conrad Strykers Augen nicht – sie bleiben kalt und gefühllos.

Stryker ist nicht allein gekommen. Einer seiner Revolverfalken ist bei ihm, der lauernd und in schussbereiter Pose das Umfeld beobachtet.

»Guten Tag, Mr. Cummings«, richtet Stryker nun das Wort an den Rancher. »Ich hielt es für eine gute Idee, einmal vorbeizuschauen und mit Ihnen etwas zu plaudern.«

Hierbei steigt er einfach unaufgefordert aus dem Sattel. Er nickt dem Revolvermann nur kurz zu, dann steigt dieser ebenfalls ab, bleibt aber bei den Pferden zurück, als Stryker nun auf das Ranchhaus zugeht.

»Wo ist denn eigentlich Ihre Tochter, Mr. Cummings?«, fragt er mit unverhüllter Neugier. »Rufen Sie sie doch mal. Ich würde auch mit ihr gerne ein paar Worte wechseln.«

Der Tonfall seiner Stimme macht sofort klar, dass es sich keinesfalls um eine Bitte handelt. Und zwar so unmissverständlich, dass Carl Cummings gar nicht anders kann, als sich umzudrehen und nach Linda zu rufen. Seit der ersten Begegnung schon begehrt Stryker dieses Mädchen. Seitdem versucht er alles, um sie zu bekommen. Und bisher hat er immer alles bekommen, was er haben wollte. Für ihn ist es nur noch eine Frage der Zeit, bis das Mädchen das begriffen hat. Denn es ist sicherlich besser, sich so früh wie möglich auf die Seite des Stärkeren zu stellen.

Wenige Minuten später kommt dann auch Linda heraus. Conrad Strykers Augen leuchten kurz auf, denn die Schönheit des schwarzhaarigen Mädchens ist unverkennbar. Linda ist sich ihrer Wirkung auf Stryker voll bewusst, und genau deshalb verhält sie sich ihm gegenüber stets betont abweisend. Auch wenn sie damit ihren Vater in Schwierigkeiten bringt.

»Guten Tag, Linda«, begrüßt sie nun Stryker mit einem breiten Grinsen. »Es ist schön, Sie zu sehen. Sie waren lange nicht mehr in San Saba?«

»Was soll ich in einer Stadt, die von Soldaten und Revolvermännern kontrolliert wird?«, stellt sie dem Geschäftsmann aus dem Norden die Gegenfrage und registriert hocherfreut, wie Strykers Augen bei diesen Worten kurz aufblitzen.

»Linda, ich glaube, Sie sehen die ganze Sache von einem falschen Standpunkt aus«, beschwichtigt Stryker. »Schließlich hat Texas den Krieg verloren. Ich bin gekommen, um diesem Land beim Wiederaufbau zu helfen, und Sie können das auch tun, wenn …«

»Wenn ich einwillige und mich an Sie verkaufe«, vollendet die schwarzhaarige Linda die Gedankengänge ihres Gegenübers. »Aber darauf können Sie lange warten, Mister. Eher sterbe ich, als dass ich einen Verbrecher wie Sie heirate. Und nun gehen Sie endlich – ich habe Ihnen nichts mehr zu sagen!«

»Jetzt reicht es aber!«, kommt es leise und wütend zugleich über Strykers Lippen. »Lady, ich glaube, Sie haben immer noch nicht begriffen, um was es hier geht. Aber gut, ich kann Ihnen das auch noch auf andere Weise klarmachen. Cummings, morgen früh komme ich mit einer Schuldurkunde wieder zurück. Dann werden Sie sich was einfallen lassen müssen, warum Sie Ihre fälligen Steuern bis heute noch nicht bezahlt haben. Und dann kommt Ihre Ranch unter den Hammer. Wollen Sie das wirklich?«

Er lächelt gemein, weil er Vater und Tochter jetzt gegeneinander auszuspielen gedenkt. Schließlich kennt er Carl Cummings Situation gut und weiß, wieviel diesem Mann die Ranch bedeutet. Es gibt für ihn nur einen Weg, sie zu retten, aber dann muss das Mädchen seinem Werben endlich nachgeben.

»Worauf warten Sie denn noch, Boss«, ruft Shorty vom Corral her, weil er natürlich auch Zeuge dieser Auseinandersetzung geworden ist. »Jagen Sie diese dreckigen Aasgeier doch endlich von der Ranch!«

Conrad Stryker wirft seinem Revolvermann nur einen kurzen Blick zu, und der begreift sofort. Er dreht sich frontal zum Corral, wo der hitzköpfige Cowboy steht. Langsam senkt sich die Hand des Gunmans hinunter zur Hüfte. Seine Miene ist kalt und ausdruckslos. Er wartet nur noch auf Strykers Zeichen, dann wird er die Waffe aus dem Halfter reißen und den kleinen Cowboy ohne mit der Wimper zu zucken einfach niederschießen.

Shorty ahnt erst jetzt, dass der Tod seine knöchernen Finger nach ihm ausstreckt. Die kalten Augen des Revolvermannes lähmen ihn derart, dass er nicht einmal in der Lage ist, das Gewehr hochzureißen. Er hat unbändige Angst vor diesem Killer.

»Versuch es lieber nicht!«, erklingt auf einmal eine Stimme jenseits der Scheune. »Wenn du nach deinem Revolver greifst, verpasse ich dir eine Kugel!«

Schlagartig wendet Conrad Stryker den Kopf und erblickt den großen Mann, der sich neben dem Scheunentor postiert hat und nun mit dem Colt in der Hand genau auf den Magen seines Gunmans zielt. Und er sieht auch das erfreute Aufleuchten in Lindas Augen, als sie diesen Burschen sieht. Sie kennt ihn, denkt Stryker. Sie kennt ihn verdammt gut!

»Mister, ich weiß nicht, wer Sie sind!«, meldet sich Stryker nun zu Wort und versucht den Mann mit purer Arroganz einzuschüchtern. »Aber ich glaube, Sie mischen sich hier in etwas ein, das Sie gar nichts angeht. Verschwinden Sie lieber von hier – sonst bekommen Sie jede Menge Ärger!«

»Wer hier Ärger bekommt, das wollen wir erstmal sehen«, sagt der Fremde nun und grinst dem kleinen Cowboy kurz zu. »Sie und Ihr Handlanger – Sie werden jetzt sofort die Ranch verlassen.«

»Also, das ist doch …«, entfährt es Stryker, weil er nicht begreifen kann, warum dieser Bursche so eine große Lippe riskiert. Weiß er denn nicht, wen er da vor sich hat? Dann ist es höchste Zeit, ihm das klarzumachen.

»Lennox!«, ruft Stryker nun seinem Revolvermann zu. Das reicht völlig aus, den Gunman sofort handeln zu lassen. Strykers Mann hält sich für schlicht unbesiegbar, denn keiner von Strykers Revolverfalken konnte ihm bisher das Wasser reichen. Alle haben sie stets feige den Schwanz eingezogen – und so wird es auch bei diesem Burschen da drüben am Scheunentor sein.

Lennox Hand zuckt hinunter zur Hüfte, reißt die Waffe mit einer solchen Schnelligkeit heraus, dass man dies mit bloßem Auge kaum erkennen kann. Aber sein Gegner ist um den Bruchteil der entscheidenden Sekunde schneller. Er hat schon abgedrückt, bevor Lennox den Lauf der Waffe hochreißen kann.

Noch während das Echo des aufbellenden Schusses verhallt, schreit Lennox vor Schmerz auf, als ihn die Kugel hoch in der rechten Schulter erwischt und nach hinten stößt. Der Revolver entgleitet seinen kraftlosen Fingern. Dann bricht er wortlos zusammen und wälzt sich stöhnend am Boden.

Conrad Stryker ist vollkommen geschockt, als er erkennen muss, dass auch seine Revolvermänner nicht unfehlbar sind. Nie im Leben hätte er vermutet, hier an jemanden zu geraten, der es tatsächlich schafft, Lennox in seine Schranken zu verweisen.

Argwöhnisch mustert er den Fremden, der seine Waffe noch nicht hat wieder sinken lassen. Vielmehr richtet er sie jetzt auf Stryker, während ein abfälliges Lächeln seine Lippen umspielt.

»Muss ich mich wirklich wiederholen, Mister?«, sagt er jetzt in einem Tonfall, der Stryker unwillkürlich aufhorchen lässt. »Oder muss ich Sie erst windelweich prügeln? Aber wahrscheinlich verschwinden Sie auch so von hier, nicht wahr?«

Ein Gefühl von hilfloser Wut und aufkommender Panik ergreift plötzlich Besitz von Conrad Stryker. Ohne seinen

Revolverfalken ist er praktisch machtlos. Er versucht sich diese bittere Erkenntnis nicht anmerken zu lassen.

»Wer sind Sie?«, will er nun von dem fremden Schützen wissen, »Ich will Ihren Namen hören, damit ich weiß, auf wen ich meine Leute hetzen werde!«

»Mein Name ist Tom Cannon«, kommt es nun über die Lippen des Mannes. »Ich bin sicher, Sie werden ihn sich gut merken, Stryker. Mir scheint, als wenn ich gerade noch rechtzeitig gekommen bin. Hier werden Sie kein Glück haben – genauso wenig wie auf der Double C-Ranch. Und ich sage es jetzt zum letzten Mal! Verschwinden Sie von hier!«

»Mann, ich werde Sie fertigmachen!«, schnauft Stryker. »Dafür werden Sie büßen! Sie sind schon tot – nur wissen Sie das noch nicht.«

Er geht auf den am Boden liegenden Lennox zu und hilft ihm beim Aufstehen. Der Revolvermann ist kreidebleich, denn die Wunde blutet sehr stark und schmerzt fürchterlich. Stryker hilft Lennox, in den Sattel zu kommen und sitzt dann selbst auf. Bevor er davonreitet, wirft er Tom Cannon noch einen letzten hasserfüllten Blick zu. Dann verschwindet er so schnell wie er gekommen ist.

»Du hast sie vertrieben, Tom!«, jubelt jetzt Shorty und wirft vor Vergnügen seinen Hut in die Luft. »Oh, wie ich diesem Hundesohn diesen Denkzettel gönne. Willkommen zuhause im San Saba County, Tom!«

Er geht auf Tom zu, klopft ihm anerkennend auf die Schulter und grinst dann seinem Boss zu.

»Da können Sie selbst sehen, dass man sich nur den notwendigen Respekt dieser Beutegeier verschaffen muss!«, sagt er. »Und Tom ist endlich einer, der das schaffen kann!«

Tom registriert die Worte des kleinen Cowboys nur am Rande, denn sein ganzes Interesse gilt jetzt Linda, während er sich mit schweren Schritten dem Ranchhaus nähert. Wie gut, dass er so schnell hierher geritten ist. Es war genau der richtige Moment, um auf der Bildfläche zu erscheinen. Und weder Stryker noch Lindas Vater hatten bemerkt, wie er sich der Ranch näherte. So war es auch ein Leichtes für ihn, sich ungesehen bis zur Scheune zu schleichen und dann den günstigsten Moment abzuwarten.

Mein Gott, wie schön sie ist, denkt Tom, als er einen Blick in das ebenmäßige Gesicht des schwarzhaarigen Mädchens wirft. Sie ist sogar noch schöner in all den Jahren geworden.

»Hallo, Linda«, murmelt er kurz, weil es ihm in diesen Sekunden schwerfällt, seine aufkommenden Gedanken und Gefühle unter Kontrolle zu bringen. Natürlich nickt er auch Lindas Vater kurz zu, aber seine ganze Aufmerksamkeit gilt jetzt nur noch dem Mädchen, von dem er in den einsamen Nächten der Wirren des blutigen Krieges geträumt hat.

Nun sieht er Linda zum ersten Mal wieder, und obwohl vier Jahre vergangen sind, erscheint es ihm auf einmal, als habe er sie erst gestern noch gesehen.

»Tom«, flüstert Linda nun und geht einen Schritt auf den großen Mann zu, »All die Jahre habe ich gehofft, dass du wieder zurückkommen wirst, und jetzt ist der Tag endlich da!«

Eigentlich will sie noch mehr sagen, aber auch ihr geht zu viel in diesen Sekunden durch den Kopf.

Tom spürt, was in dem Mädchen vorgeht. Kurzentschlossen zieht er Linda an sich und nimmt sie in die Arme. Es vergehen endlose Augenblicke, bis sich die beiden endlich wieder voneinander lösen. Tom hört den kleinen Cowboy kichern und bekommt am Rande auch mit, wie dieser etwas zu Linda sagt. Aber sein ganzes Interesse gilt dem schwarzhaarigen Mädchen, an das er im Krieg so oft gedacht hat. Der Gedanke an Linda half ihm, in diesen harten Zeiten zu überleben.

»Wenn ihr beiden Turteltauben endlich fertig seid, dann kommt ins Haus!«, erklingt nun Carl Cummings lachende Stimme. »Oder braucht ihr noch länger?«

Linda errötet leicht, als sie die Worte ihres Vaters hört. Tom löst sich schweren Herzens aus ihren Armen, weil er weiß, dass Cummings einiges mit ihm zu besprechen hat.

So ist der erste Augenblick des Wiedersehens nur recht kurz. Aber es hat ausgereicht, um Tom zu zeigen, dass Lindas Gefühle ihm gegenüber in all den Jahren unverändert geblieben sind. Und das lässt ihn hoffen. Auch darauf, dass es irgendwann einmal bessere Zeiten geben wird. Es ist nur schwer zu glauben, dass dies schon sehr bald der Fall sein wird. Denn er hat den hasserfüllten Blick von Conrad Stryker nicht vergessen, als dieser die Ranch verließ.

*

Tom sieht zu, wie Carl Cummings zwei Gläser mit Whiskey füllt und eines davon vor ihm auf den Tisch stellt

»Ich danke dir, dass du im richtigen Moment gekommen bist, Tom«, richtet nun Cummings das Wort an ihn. »Aber du weißt wahrscheinlich nicht, was das für Folgen haben wird.«

»Was ist eigentlich los in diesem County? Hat dieser Stryker solch einen Einfluss, dass jeder vor ihm zu kneifen beginnt? Was ist mit den anderen Ranchern? Wollt ihr denn alle zusehen, wie diese Kriegsgewinnler aus dem Norden sich euer Land unter den Nagel reißen?«

Carl Cummings braucht einige Sekunden, um sich die passenden Worte zurecht zu legen.

»Tom, es ist zu viel passiert in den letzten Monaten. Das kann man erst so richtig begreifen, wenn man mit dabei war. Zuerst die Nachricht vom verlorenen Krieg, und dann kamen die Yankees ins Land, erklärten all das für ungültig, was wir kannten und setzten ihre Männer in alle wichtigen Ämter. Du bist der erste, der diesem Stryker die Zähne gezeigt hat Aber nun musst du dich vorsehen. Er wird nicht aufgeben, bis er dich zerbrochen hat. Ich kenne Conrad Stryker mittlerweile und weiß, dass er solch eine Niederlage wie eben nicht so einfach wegstecken wird. Sieh dich vor, Junge!«

55

»Ich werde bereit sein, wenn er etwas von mir will«, erwidert Tom und bemerkt natürlich auch den sorgenvollen Blick Lindas. Denn sie hat Angst um ihn.

»Tom, die Menschen im San Saba County haben viel einstecken müssen«, fährt Carl Cummings nun fort »Aber wenn sie sehen, dass es jemanden gibt, der sich nicht fürchtet, dann hätten wir alle vielleicht eine Chance, das Blatt zu wenden. Du bist so ein Mann, Tom. Du könntest ...«

Er hält einen Moment inne und wankt noch, weil er noch nicht weiß, ob er sich Tom ganz anvertrauen soll. Aber als er bemerkt, mit welch hoffnungsvollen Augen seine eigene Tochter diesen Mann anblickt, da begreift er, dass nun der Zeitpunkt zum Handeln gekommen ist.

»Es gibt da eine Handvoll Männer«, beginnt er dann. »Männer, die nicht mehr zusehen wollen, was hier für ein Unrecht geschieht Sie kommen morgen Abend hierher, Tom. Clyde Henshaw, Rusty Shelton und noch ein paar andere. Wir wollen darüber reden, was man unternehmen kann, um diesem Unrecht im San Saba County Einhalt zu gebieten. Du würdest uns sehr helfen, wenn du auch mit dabei bist, Tom. Du musst ihnen selbst erzählen, wie du es geschafft hast, Stryker in seine Schranken zu weisen, das wird ihnen allen Mut machen, verstehst du?«

Tom nickt und überlegt noch einen winzigen Moment bevor er Carl Cummings Vorschlag schließlich zustimmt.

»Das sind die ersten vernünftigen Worte, seit ich zurück bin«, antwortet er und sieht die grenzenlose Erleichterung im Gesicht von Lindas Vater. »Natürlich könnt ihr auf mich zählen.«

»Dann sind wir uns also einig«, sagt Cummings und schlägt Tom kameradschaftlich auf die Schulter. »Wir alten Haudegen haben einst für die Freiheit von Texas gekämpft, und wir werden es wieder tun, damit Texas frei bleibt!«

»Ich werde rechtzeitig hier sein«, verspricht Tom Er erhebt sich jetzt, denn mittlerweile ist die Sonne hinter den fernen Hügeln untergegangen. Die Abenddämmerung hängt über dem Land und vertreibt allmählich die letzte Helligkeit des sterbenden Tages. »Es wird Zeit, dass ich mich wieder auf den Rückweg zur Double C-Ranch mache«, sagt er. Dann geht er hinaus ins Freie und registriert, dass ihm Linda hastig folgt.

»Tom, ich habe Angst«, sagt sie nun mit leiser Stimme zu ihm und vergewissert sich kurz, dass ihr Vater diese Worte nicht hören kann. »Wenn Stryker und seine Männer von dieser Versammlung erfahren, dann wird es eine Menge Ärger geben. Ist es das wirklich wert?«

»Linda, ich habe in den letzten vier Jahren Dinge erlebt, die verdammt grausam sind«, erwidert er daraufhin. »Es gab auch manchmal Augenblicke, in denen ich auch nicht mehr weiterwusste. Und da dachte ich stets an dich und wünschte mir, dich wiedersehen zu können. Das gab mir die Kraft zu überleben. Wenn dein Vater und die anderen Rancher keine Hoffnung mehr haben, dann ist dieses ganze Land verloren. Willst du das?«

Sie schüttelt stumm den Kopf.

»Du musst an eine bessere Zukunft glauben, Linda«, rät er ihr und geht nochmals auf sie zu. »Dann können die Menschen wieder in Frieden leben – auch wir beide.«

Er küsst sie kurz, bevor er sich von ihr abwendet und in den Sattel des Pferdes steigt Dann gibt er dem Tier die Zügel frei und reitet hinaus in die einsetzende Nacht. Linda blickt ihm noch gedankenverloren nach, bis die Hufschläge verstummt sind.

Kapitel 5

Lieutenant Shelby blickt missmutig hinauf zum wolkenverhangenen grauen Himmel. Es sieht so aus, als wenn es jeden Augenblick zu regnen beginnt, und das passt ihm gar nicht. Er flucht leise, als er die ersten Regentropfen auf seinem Gesicht spürt und zieht sich den Hut tiefer in die Stirn.

»Mr. Stryker, wir warten jetzt hier schon über eine Stunde, und es hat sich immer noch nichts getan«, wendet er sich mit ungeduldiger Stimme an den Geschäftsmann aus dem Norden. »Glauben Sie wirklich, dass noch jemand…?«

»Lieutenant, wir sind nicht aus Spaß den langen Weg hinaus zur Cummings-Ranch geritten«, erwidert Conrad Stryker. »Meine Informationen sind zuverlässig – darauf können Sie sich verlassen. Wir müssen nur warten, bis diese elenden Verschwörer eingetroffen sind. Dann machen wir kurzen Prozess mit ihnen.«

Er blickt in die Runde, schaut kurz nach seinen Revolvermännern, die sich weiter oben zwischen den Büschen postiert haben und schon ungeduldig darauf warten, hinunter in die Senke zu reiten. Genau so geht es den Soldaten von Lieutenant Shelby, die mit Strykers Leuten gekommen sind.

Der junge Offizier will etwas erwidern, hält aber inne, als er nun plötzlich Hufschlag in der Ferne vernimmt. Sofort holt er ein Fernrohr aus seiner Satteltasche und beobachtet damit die Ebene.

»Verdammt, Sie hatten recht!«, stößt er dann aufgeregt hervor.

»Geben Sie mir das Fernrohr!«, sagt Stryker mit befehlsgewohnter Stimme zu Shelby. Sofort reicht ihm Shelby das Fernrohr, schließlich ist Stryker ein guter Freund von Major Wilkins, seinem Vorgesetzten, und Shelby will es sich mit dem Major nicht verderben.

»Na also!«, grinst Stryker, als er einen Blick durch das Fernrohr wirft und sieht, wie sich zehn Reiter der Ranch nähern. »Und dieser Hundesohn Cannon ist also auch dabei«, murmelt Stryker, als er ihn an der Spitze des Trupps erkennt, »Warte nur, Bursche – bald bekommst du einen Denkzettel, den du so schnell nicht mehr vergessen wirst.«

Stryker und der Lieutenant sehen geduldig zu, wie die Männer jetzt die Ranch erreicht haben und ihre Pferde vor der Scheune zügeln. Sie sind gerade noch rechtzeitig angekommen, denn es beginnt plötzlich wie aus Kübeln zu regnen. Augenblicke später sind die Reiter und ihre Pferde im Inneren der Scheune verschwunden.

Conrad Stryker fröstelt unwillkürlich, weil die unangenehme Nässe schon durch die Kleidung an die Haut dringt. Doch der Gedanke, dass es ihm und seinen Männern schon bald gelingen wird, diese verdammten Rebellen auszutricksen, lässt ihn den prasselnden Regen vergessen.

»Jetzt ist es soweit, Lieutenant«, wendet er sich an Shelby. »Ihre Männer sind bereit?«

Der Lieutenant nickt »Was schlagen Sie vor, Mr. Stryker?«

»Wir kommen von zwei Seiten und nehmen sie in die Zange«, klärt Stryker daraufhin den jungen Offizier auf. »Meine Leute und ich schleichen uns von rechts heran, während Sie sich mit ihren Leuten direkt vor dem Eingang zur Scheune postieren. Und wenn die Burschen sich dann immer noch nicht ergeben wollen, dann nehmen wir sie unter Feuer – einverstanden?«

»Keine schlechte Idee«, antwortet Lieutenant Shelby, der natürlich auch darauf versessen ist, mit einer Erfolgsmeldung zurück zu Major Wilkins zu kommen. Denn er ist scharf auf eine Beförderung und erkennt nicht, dass er lediglich ein Handlanger für Conrad Strykers Pläne ist »Gut, also los jetzt!«

Er wendet sich zackig ab, geht auf seine Männer zu und ist mit diesen wenige Augenblicke später in den Regenschleiern verschwunden. Zum Glück ist der Regen jetzt noch stärker geworden, so dass die Rebellen unten auf der Ranch verzichten, einen Wächter zu postieren. Wohl weil sie glauben, dass bei diesem Hundewetter mit keinerlei unliebsamem Besuch zu rechnen ist Ein verhängnisvoller Irrtum ist das, denkt Stryker. Diese dickschädeligen Texaner werden das gleich am eigenen Leib zu spüren bekommen!

An der Spitze der Revolvermänner eilt er nun zur Scheune. Seine Männer wissen, worauf es jetzt ankommt. Jeder einzelne von ihnen ist bereit, zu töten. Und die mutigen Männer in der Scheune von Carl Cummings Ranch ahnen nicht, dass der Sensenmann schon seine knöchernen Hände nach jedem von ihnen ausgestreckt hat.

*

»Was für ein Hundewetter!«, stöhnt Ben und atmet ganz erleichtert auf, dass er sein Pferd rechtzeitig unter das schützende Dach der Scheune bringen kann. Draußen tobt ein regelrechtes Unwetter. Die Rancher steigen ebenfalls von ihren Pferden, reiben die Tiere trocken und führen sie dann zum anderen Ende des Stalles.

»Carl Cummings hat uns schon erwartet«, meint Tom Cannon zu seinem ehemaligen Sergeant, als er Lindas Vater mit einer Petroleumlampe aus dem Haus kommen sieht. Wenige Augenblicke später hat er den Regen hinter sich gelassen und schließt die Scheune hinter sich. Unwillkürlich hält Tom Ausschau nach Linda, aber das Mädchen ist drüben im Ranchhaus geblieben. Ihr Vater will sie wohl nicht mehr als nötig in diese gefährliche Sache mit hineinziehen. Außerdem ist das, was die Rancher jetzt zu besprechen haben, ausschließlich Männersache.

Carl Cummings befestigt die Petroleumlampe an einem Pfosten, bevor er sich an die Männer wendet, die zu dieser späten Stunde hierhergekommen sind.

»Hat euch jemand gesehen?", fragt er in die Runde und sieht, wie alle heftig den Kopf schütteln. Er fragt das, weil er Kopf und Kragen riskiert. Sollte irgendjemand von den Yankee-Besatzern herausfinden, was der Sinn und Zweck dieses nächtlichen Treffens sind, dann wird man ihn dafür einsperren. Ebenso wie jeden der anderen Rancher, der dieses Unrecht im San Saba County nicht mehr länger erdulden will.

»Wir haben uns alle erst kurz vor deiner Ranch getroffen, Carl«, antwortet Bill Cannon stellvertretend für alle anderen. »Niemand hat etwas bemerkt. Aber nun lass uns endlich darüber reden, weshalb wir uns heute Abend hier versammelt haben. Die meisten von euch wissen mittlerweile, dass mein Sohn Tom wieder unter uns ist, und dass er auch schon Ärger mit Stryker gehabt hat. Aber er hat nicht gekniffen vor diesem Hund, sondern hat ihm die Zähne gezeigt. Genau das sollten wir auch tun, wenn wir unser Land nicht an diesen gewissenlosen Kerl verlieren wollen!«

Zustimmendes Gemurmel brandet in der Scheune auf, während das Licht der Petroleumlampe bizarre Schatten an die rauen Holzwände wirft. Bill Cannon hat den meisten Männern aus dem Herzen gesprochen. Denn sie alle haben ein ähnliches Schicksal zu erwarten, wenn nicht bald eine gemeinsame Lösung gefunden wird.

»Captain, halte mich nicht für verrückt«, murmelt Ben nun leise neben Tom. »Aber ich habe auf einmal ein ganz komisches Gefühl in meiner Magengegend. Ich kann es mir einfach nicht erklären, aber ich komme mir hier in der Scheune vor wie in einem Rattenkäfig.«

Tom wirft einen kurzen Blick in Bens angespannte Miene. Sein Kampfgefährte ist in den Jahren des Krieges natürlich immer besonders wachsam gewesen. Und er selbst ist auch irgendwie unruhig geworden, seit sie an der Seite der anderen Männer die Scheune betreten und das Tor hinter sich geschlossen haben.

»Vielleicht sollten wir mal einen kurzen Blick nach draußen werfen, Captain«, schlägt Ben nun vor. »Du weißt doch – man kann nie vorsichtig genug sein.«

»Ich gehe mal kurz raus«, sagt Tom. »Ich bin gleich wieder zurück.«

Ben ist erleichtert, weil er weiß, dass Tom es sofort bemerken wird, wenn da draußen etwas faul sein sollte. Und das lässt ihn zumindest ein wenig ruhiger werden.

Carl Cummings redet unterdessen auf die versammelten Rancher ein und hat sich so sehr in seine Worte hineingesteigert, dass er gar nicht merkt, wie Tom die Scheune verlässt und Augenblicke später im Dunkel der Nacht verschwunden ist. Die flammenden Worte von Lindas Vater verhallen hinter Tom, als er einige Schritte von der Scheune entfernt hinüber zum Ranchhaus blickt.

In der Küche brennt Licht. Wahrscheinlich ist Linda gerade damit zugange, für die Männer eine Mahlzeit zuzubereiten. Sie werden Hunger haben und sind sicherlich froh, wenn sie nachher etwas zu essen bekommen. Auf halbem Weg zum Ranchhaus bemerkt er plötzlich, wie sich die Tür öffnet und Linda ins Freie tritt. Das Licht aus der Küche erhellt das Dunkel der Nacht und lässt sie nun auch Tom erkennen. Tom lächelt und will einen Schritt auf sie zugehen.

Genau in diesem Moment vernimmt er das leichte Knacken eines Astes weiter drüben in den Büschen. Sofort ist er hellwach, und das Lächeln ist wieder verschwunden, das sich noch eben in seinen harten Gesichtszügen abzeichnete. Auch Linda ist diese plötzliche Veränderung nicht entgangen. Sie schaut Tom fragend an und zuckt zusammen, als sie seine dringenden Worte vernimmt.

»Geh ins Haus, Linda«, raunt er ihr so leise zu, dass nur sie es hören kann. »Und schließ die Tür hinter dir zu – hast du verstanden?«

Er bemerkt den unverständlichen Blick des schwarzhaarigen Mädchens. Deshalb klingt seine Stimme jetzt noch einen Ton schärfer, als er das ursprünglich beabsichtigt hat.

»Nun geh schon!«, fordert er sie auf, während seine Blicke nach links und rechts schweifen. In dieser wolkenverhangenen Regennacht kann er jedoch kaum die Umrisse der Büsche neben dem Ranchhaus erkennen. Aber als er ein zweites Mal ein Geräusch vernimmt – diesmal auf der anderen Seite –, da beginnt er zu ahnen, dass hier etwas im Gange ist, wovon die Männer in der Scheune noch nichts ahnen.

Er registriert am Rande, wie Linda ins Haus zurückgeht und die Tür hinter sich schließt. Das ist gut so, denkt Tom. Dann ist sie wenigstens aus der unmittelbaren Gefahrenzone.

Aber er selbst ist mittendrin, denn er spürt förmlich, dass Waffen aus dem Hinterhalt auf ihn zielen – jederzeit bereit, das Feuer zu eröffnen. Nur nichts anmerken lassen, denkt Tom, während er ganz langsam zur Scheune zurückgeht. Ich muss die anderen warnen und ihnen sagen, dass …

Seine Gedanken brechen jäh ab, als er plötzlich Lindas warnende Stimme vom Fenster her vernimmt.

»Tom, pass auf!«

Instinktiv handelt der ehemalige Soldat und wirft sich sofort zur Seite. Im selben Atemzug zerreißt das Aufbellen eines Schusses das monotone Prasseln des Regens. Tom spürt, wie eine Kugel haarscharf an seinem Kopf vorbeizischt. Er hat ebenfalls seinen Colt in Sekundenbruchteilen aus dem Holster gerissen und zielt nun auf das Mündungsfeuer, das drüben bei den Büschen kurz aufleuchtete.

Noch bevor das Echo des gegnerischen Schusses verhallt ist, hat Tom auch schon abgedrückt. Ein schmerzerfüllter Schrei im Dunkel der Nacht verrät ihm, dass er trotz der Schnelle sein Ziel getroffen hat.

Tom rappelt sich hastig auf, rennt geduckt auf die Scheune zu. Er ist jederzeit darauf gefasst, dass ihn eine gut gezielte Kugel aus dem Hinterhalt niederstrecken kann.

Aber Tom Cannon scheint in dieser Nacht einen guten Schutzengel zu haben. Die Kugeln pfeifen zwar gefährlich nahe an ihm vorbei, treffen aber nicht.

Indes haben auch die übrigen Rancher in der Scheune begriffen, was hier draußen geschieht. Das flackernde Petroleumlicht, das noch vor wenigen Augenblicken durch das kleine Fenster in der Scheunenwand zu sehen war, ist von einem Augenblick zum anderen erloschen. Jetzt hat Tom das Scheunentor geöffnet und atmet auf, als er in Sicherheit ist.

»Verdammt, was ist los da draußen?«, hört er die Stimme von Carl Cummings. »Tom, nun rede doch!«

»Ich weiß nicht, wie viele es sind«, erwidert Tom »Aber wir befinden uns in einer verdammt brenzligen Lage. Wehrt euch so gut ihr könnt!«

Das braucht er den Ranchern nicht zweimal zu sagen. Die meisten von ihnen haben ihre Waffen längst griffbereit in den Händen und warten nur noch auf ein Zeichen. Kampflos werden sie sich ganz bestimmt nicht ergeben.

»Ihr elenden Rebellen!«, erklingt nun die Stimme Strykers durch die Nacht. Spätestens jetzt ist jedem der Männer in der Scheune klar, was die Stunde geschlagen hat. »Ergebt euch und kommt alle heraus. Sonst machen die Soldaten kurzen Prozess mit euch!«

»Hier spricht Lieutenant Shelby!«, meldet sich jetzt eine junge energische Stimme zu Wort Und sie kommt genau von der gegenüberliegenden Seite der Scheune, »Meine Männer und ich haben die Ranch umstellt. Also, ergeben Sie sich und kommen Sie alle mit erhobenen Händen heraus. Sie haben fünf Minuten Zeit dazu – anschließend gebe ich meinen Leuten den Befehl, das Feuer zu eröffnen!«

»Linda«, murmelt Carl Cummings ergriffen, als er nun an seine Tochter drüben im Ranchhaus denken muss. Hilfesuchende Blicke richten sich auf Tom, so als wenn er in diesem Moment von ihm die einzige Unterstützung bekommen könnte. »Tom, was sollen wir tun?«

Unmittelbar in dieser Sekunde hört man drüben vom Ranchhaus her das Zerbersten einer Fensterscheibe und ein dumpfes Poltern. Dann erklingt Lindas gellender Hilferuf, der dann genauso schnell wieder verstummt, wie er ausgestoßen wurde.

Carl Cummings wird kreidebleich und wäre fast aus der Scheune gestürmt, wenn Bill Cannon und ein anderer Rancher ihn nicht daran gehindert hätten.

»Meine Tochter«, stammelt der vollkommen hilflose Cummings. »Ich muss doch zu ihr.«

»Du kannst jetzt doch nichts tun, Carl«, versucht Toms Vater den aufgebrachten Rancher zu beruhigen.

»Um das Mädchen müsst ihr euch keine Sorgen machen!«, erklingt nun wieder Conrad Strykers höhnische Stimme aus dem Dunkel der Nacht. »Ich führe keinen Krieg gegen Frauen. Ergebt ihr euch nun endlich, oder wollt ihr alle sterben?«

»Ich will nicht sterben«, flüstert auf einmal eine krächzende Stimme weiter hinten an der Scheunenwand. Es ist Paul Jefferson, ein hagerer Rancher, der selbst während des Rittes hierher recht schweigsam und zurückhaltend war. Nun ist es aus und vorbei mit seiner Ruhe. Hastig erhebt er sich und eilt auf das Scheunentor zu, noch bevor ihn jemand daran hindern kann. Er reißt es überstürzt auf und taumelt hinaus ins Freie.

»Mister Stryker!« ruft er laut hinaus in die Nacht. »Sie hatten mir doch Straffreiheit versprochen, wenn ich Ihnen …«

Mehr kann Paul Jefferson nicht mehr sagen, denn in diesem Moment fällt wieder ein Schuss. Die Kugel aus der Waffe eines der Revolvermänner erwischt den Rancher hoch in der Brust und schleudert ihn zurück wie eine leblose Puppe. Schlamm spritzt auf, als Jefferson zu Boden fällt Sekunden später ist er auch schon tot.

Hitzige Stimmen erklingen drüben bei den Büschen, während die Rancher noch entsetzt darüber sind, was sie gerade erfahren haben.

»Dieser elende Verräter!«, schnauft Bill Cannon und ballt wütend die Fäuste. »Er hat uns einfach verpfiffen, dieser Judas!«

»Er hat seine Quittung dafür bekommen, Leute!«, fährt Cummings nun fort »Was mich betrifft – ich will nicht abgeknallt werden wie ein lausiger Coyote. Was ist, Männer? Wollen wir es gemeinsam auskämpfen?«

Stille Zustimmung ist das Ergebnis seiner Frage. Die Rancher laden ihre Waffen, sind bereit, auch gegen eine Übermacht anzutreten. Und Tom Cannon und sein Partner Ben Warner sind schon wieder mittendrin in einer gewalttätigen Auseinandersetzung. Sie sind zwar nach Texas gekommen, um in Frieden zu leben und die Schrecken der letzten vier Jahre endlich zu vergessen. Aber solange hier Recht und Gesetz vehement mit Füßen getreten werden, kann man wohl keinen Frieden finden.

»Sie werden uns wahrscheinlich in die Zange nehmen wollen«, meldet sich nun Tom zu Wort. »Wir müssen uns aufteilen. Ben, du gehst mit Pa und ein paar anderen dort hinüber. Heizt Stryker und seinen Revolvermännern ordentlich ein. Wir versuchen inzwischen, die Soldaten ein wenig zu beschäftigen. Und betet, dass es gleich wieder zu regnen anfängt. Dann haben wir vielleicht noch eine winzige Chance!«

Jeder der Rancher begreift, was Tom ihnen damit sagen will. Wenn es wieder wie aus Kübeln zu gießen beginnt und der Mond sich immer noch nicht zeigt, dann werden es sowohl die Soldaten als auch Strykers Leute schwer haben, genau treffen zu können. Koste es was es wolle – sie müssen einfach einen Ausbruch wagen und dabei alles aufs Spiel setzen. Sonst wird die Falle soweit zuschnappen, dass keiner von ihnen mehr entkommen kann!

»Ihr habt gehört, um was es geht!«, ermuntert nun Ben die Rancher und schleicht sich als erster hinüber zur gegenüberliegenden Scheunenwand. »He, ihr Hundesöhne da draußen!«, ruft er dann in wildem Zorn. »Ihr wollt uns haben? Dann kommt doch und versucht es – ihr werdet euch blutige Köpfe dabei holen!«

Noch ehe seine letzten Worte verhallt sind, hat er auch schon die Waffe hochgerissen und feuert durch einen handbreiten Bretterspalt hinaus in die Nacht. Natürlich trifft er keinen der Gegner, erreicht damit aber, dass nun die Gegenseite das Feuer eröffnet und ihm damit durch die Mündungsfeuer in der Nacht verrät, wo sich diese Schweinehunde verborgen haben.

Das begreifen nun auch die anderen Rancher und schießen ebenfalls. Tom Cannon weiß, dass er sich voll und ganz auf Ben verlassen kann. Deshalb konzentriert er sich jetzt ganz auf sein eigenes Vorhaben und versucht zusammen mit Cummings und den übrigen Ranchern die Soldaten soweit einzuschüchtern, dass sich keiner von ihnen zu weit vorwagt.

Mündungsfeuer zucken in der Nacht Schüsse bellen auf, und ab und zu erklingt auch der Schmerzensschrei eines Mannes. Was mag Linda jetzt wohl drinnen im Ranchhaus denken? fragt sich Tom, während er seinen Revolver nachlädt und dann sogleich das Feuer wieder eröffnet. Sie muss doch mittlerweile fast halb verrückt geworden sein vor Angst.

Und dann grollt am fernen Horizont der Donner, und die Schleusen des Himmels öffnen sich. Es ergießt sich erneut ein wolkenbruchähnlicher Regen über das Land. Tom atmet erleichtert auf, als er das sieht. Nun haben sie doch noch eine Chance!

»Holt die Pferde!«, ruft Tom den Männern zu. »Wir werden gleich einen Ausbruch wagen. Nun beeilt euch – es geht um Sekunden!«

Die Rancher sehen ein, dass sie nicht länger warten können. Sie haben jedoch ziemliche Mühe und Not, die aufgebrachten Tiere in der Enge der Scheune wieder zu beruhigen. Denn die Kugeln der Gegner haben natürlich auch die Bretterwände durchschlagen, aber zum Glück bisher keines der Tiere verletzt. Das kann sich aber jederzeit ändern!

Tom und Ben sind die ersten, die in den Sätteln sitzen und die Tiere dann zum Scheunentor lenken, während die anderen noch damit zugange sind, ihre Gegner mit gezieltem Sperrfeuer in Deckung zu halten.

»Nun reitet endlich los!«, sagt Cummings zu Tom, als er dessen Zögern bemerkt. »Wir geben euch Feuerschutz, bis ihr draußen seid.«

»Das Gleiche tun wir anschließend für euch!«, sagt Tom schließlich schweren Herzens und wartet, bis einer der Männer das Scheunentor so weit geöffnet hat, dass es für einen Reiter ausreicht, um hinauszukommen.

Es ist wie im Krieg, denkt Tom und drückt dem Pferd die Hacken in die Weichen. Wie vor der entscheidenden Schlacht von Gettysburg, als wir alle losritten, um uns dem Feind entgegenzuwerfen. Obwohl wir wussten, dass mancher von uns auf der Strecke bleiben würde.

Er ist so in Gedanken an die blutigen Jahre des Krieges, dass er für einen winzigen Moment glaubt, sogar das Signal zum Angriff des Trompeters zu hören. Aber es ist dann doch nur der laute, krachende Donner in der Nacht

Dann ist es soweit, Tom stößt einen schrillen Rebellenschrei aus und reitet los. Er duckt sich ganz tief über den Hals des Tieres und ist beseelt von dem Gedanken, den Durchbruch zu schaffen.

Dann bellen wieder vermehrt Schüsse auf, die Mündungsfeuer erhellen die Nacht. Tom und Ben gelingt es, unverletzt durchzupreschen, aber einer der Rancher hat nicht so viel Glück. Die Kugel eines Revolvermannes erwischt ihn und schleudert ihn seitwärts vom Pferd. Schlamm spritzt hoch auf, als der schwer verwundete Mann zu Boden schlägt und bereits wenige Sekunden später sein Leben aushaucht.

Ein zweiter tapferer Texaner wird von einer Kugel gestreift, als er – dicht über den Hals seines Pferdes gebeugt – aus der Scheune reitet. Aber er kann sich trotz der Wunde im Sattel halten, beißt die Zähne zusammen und treibt stattdessen das Pferd umso schneller an. Denn hier auf der Cummings-Ranch hält der Tod eine reiche Ernte!

Toms Herz macht einen Freudensprung, als er erkennt, wie es auch den anderen Männern gelingt, aus der Scheune zu entkommen, bevor die geschickt gestellte Falle endgültig zuschnappt. Er zwingt sich, jetzt lieber nicht an Linda zu denken. Tom kann nur hoffen, dass diese Schweinehunde nicht sie dafür büßen lassen, dass es den Ranchern gelungen ist, sich ihrem Zugriff zu entziehen. Er kann jetzt nichts für sein Mädchen tun. Zuerst müssen sich er und die anderen in Sicherheit bringen.

Mit einem tiefen Seufzer drückt er dem Pferd ein zweites Mal die Hacken in die Weichen und reitet weiter hinaus in die regennasse Gewitternacht Bis die zahlreichen Schüsse hinter ihm verhallen.

*

Conrad Stryker ignoriert die Kälte, die durch die nassen Kleider seinen Körper frösteln lässt. Stattdessen blickt er den näherkommenden Soldaten ungeduldig entgegen, während die heftigen Regenschauer allmählich nachlassen. Mittlerweile haben sich auch die dunklen Wolken verzogen, und der Mond übergießt das Land mit seinem Silberlicht. Seine Miene ist bitter, als er feststellen muss, dass die Soldaten und auch seine eigenen Leute mit leeren Händen zurückgekommen sind.

»Es ist zwecklos, Mr. Stryker«, ergreift nun der junge Lieutenant stellvertretend für seine erschöpften Männer das Wort. »Da draußen in der Brasada gibt es hundert Möglichkeiten, unterzutauchen und seine Spuren zu verwischen. Wir müssen eben notgedrungen bis zum Sonnenaufgang warten.

»Vergessen Sie's einfach!«, schneidet ihm Conrad Stryker mit wütendem Ton das Wort ab. »Das kostet nur unnötig Zeit Diese Schweine bekomme ich auch noch zu packen – und zwar auf meine Weise!«

Er grinst teuflisch, als er sieht, wie Linda Cummings seine Worte hört und dabei deutlich zusammenzuckt. Zwei Revolvermänner stehen dicht neben Linda und schüchtern sie soweit ein, dass sie ganz verängstigt ist.

»Miss Linda, ich wünschte, Sie könnten diesen texanischen Dickschädeln klarmachen, dass sie sich nun selbst auf die andere Seite des Gesetzes gestellt haben«, sagt er. »Nun werden wir endlich etwas unternehmen können, um diese Aufrührer zur Räson zu bringen. Nein, Sie selbst brauchen nichts zu befürchten«, fügt er dann rasch hinzu, als er den

69

gequälten Ausdruck in den Augen des schwarzhaarigen Mädchens bemerkt, »Gegen Frauen und Kinder führe ich keinen Krieg. Ihnen wird nichts geschehen, das verspreche ich Ihnen. Aber Ihr Vater und dieser Tom Cannon werden dafür büßen müssen, dass sie sich gegen geltendes Recht gestellt haben. Denken Sie darüber nach, Lady!«

Mit diesen Worten wendet er sich einfach ab und greift nach den Zügeln seines Pferdes, das ihm einer der Gunmen gebracht hat Er steigt in den Sattel und schaut noch ein letztes Mal zu Linda hinüber.

»Sie sollten sich gründlich überlegen, was Sie in den nächsten Tagen tun, schönes Kind«, lächelt er kalt »Denn lange werden Sie auf dieser Ranch nicht mehr bleiben können. Die kommt nämlich so schnell wie möglich unter den Hammer. Aber für Sie wüsste ich eine bequeme Lösung.«

Er spricht zwar nicht aus, was er in diesen Sekunden denkt. Aber der verlangende Blick, mit dem er Linda von Kopf bis Fuß mustert, sagt mehr als tausend Worte. Das weiß Linda, aber sie erwidert nichts darauf, sondern sieht stattdessen zu, wie der Lieutenant seinen Leuten das Zeichen zum Aufbruch gibt. Strykers Revolvermänner schließen sich an. Wenige Minuten später hat der Reitertrupp die kleine Ranch verlassen.

»Oh Gott«, murmelt Linda voller Verzweiflung, während das Dunkel der Nacht die vielen Hufschläge schluckt. »Was soll ich jetzt nur tun?«

Aber es ist niemand da, der ihr auf diese Frage eine Antwort geben kann. Und drüben bei der Scheune liegen zwei Tote, die die Revolvermänner einfach achtlos liegen ließen. Denn diese Texaner sind für sie schlimme Verbrecher – und Verbrecher behandelt man nicht wie Menschen!

Kapitel 6

Die Gesichter der Männer wirken angespannt und besorgt. Jeder von ihnen muss unwillkürlich an sein Zuhause denken, an die Frauen und Kinder, die bestimmt schon auf ihre Rückkehr warten. Aber jetzt kann niemand von ihnen zurück. Denn sobald sie auf die Ranches zurückkehren, werden die Soldaten sie festnehmen und wegen Aufruhrs einsperren.

Auch das kleine rauchlose Feuer, das Ben inmitten einiger schützender Felsen entzündet hat, und dessen flackernde Flammen man unten vom Weg aus nicht erkennen kann, vermag nicht die Sorgen der Texaner zu vertreiben. Sie sind schweigsam geworden, die Männer, die einst für dieses Land schon einmal gekämpft haben und es nun ein zweites Mal tun müssen.

»Sie werden uns hetzen wie Ausgestoßene«, beklagt sich nun der alte Rusty Shelton. »Verdammt, hätte ich mich von euch doch nur nicht überreden lassen! Dann wäre alles anders gekommen!«

Die Verbitterung in seinen Worten ist unüberhörbar. Deshalb ergreift Tom Cannon rasch das Wort, bevor diese Stimmung auf die anderen Rancher übergreift.

»Ich habe eine wehrlose Schwester zuhause, die ich jetzt nicht beschützen kann«, sagt er hart und deutlich. »Und mein Bruder Steve sitzt im Jail von San Saba. Ich habe keine Ahnung, was Stryker nun unternehmen wird – und doch muss ich jetzt Geduld haben und nicht in Panik verfallen. Sonst sind wir gleich am Ende.«

»Sind wir das denn nicht schon?«, fragt nun Cummings, der in diesen Minuten wie ein gebrochener Mann wirkt, da er alles verloren hat, was er jemals besaß. »Stryker sitzt doch am längeren Hebel. Er hat das Gesetz auf seiner Seite – egal, was wir unternehmen. Tom, wir sind fertig – das wirst auch du begreifen müssen!«

Ausgerechnet in diesem Moment lacht Ben gehässig auf. Die Männer am Lagerfeuer heben überrascht die Köpfe und werfen ihm teils wütende Blicke zu, weil er sich offensichtlich über sie lustig zu machen beginnt. Aber das ist dem ehemaligen Sergeant vollkommen egal. Ihm ist plötzlich eine Idee gekommen, und das will er den anderen klarmachen.

»Jetzt wollt ihr wohl alle kneifen, wie?«, fragt er in die Runde und lacht noch einmal. »Stryker hat wohl schon gewonnen und weiß es nur noch nicht. Gut, er mag das Gesetz im San Saba County gekauft haben, aber es gibt noch Recht und Ordnung. Vielleicht nicht hier, aber ganz bestimmt in Austin.«

Tom blickt seinen Sattelgefährten überrascht an. Er kennt Ben als einen eher zurückhaltenden Menschen. Aber Ben muss sich jetzt alles von der Seele reden, weil auch er nicht länger zusehen kann, wie die Rancher vor die Hunde gehen.

»Einer von uns muss losreiten und mit dem Gouverneur in Austin sprechen«, sagt Ben. »Der ist zwar auch ein Yankee, aber zumindest hat er ein Amt inne, das einer breiten öffentlichen Kontrolle untersteht. Es ist die einzige Chance, die wir noch haben, bevor diese Plünderer das County dem Erdboden gleichmachen.«

»Ein Yankee ist doch wie der andere«, wirft Cummings ein. Aber nicht jeder der Rancher ist da seiner Meinung. Es gibt einige unter den Männern, die bei Bens Worten nun wieder zu hoffen beginnen.

»Ich werde sofort losreiten!«, schlägt Ben den Ranchern vor. »Wenn ich reite wie der Teufel, dann kann ich es schaffen, in spätestens vier Tagen wieder zurück zu sein. Bis dahin müsst ihr euch ruhig verhalten und Strykers Leuten und den Soldaten keine Gelegenheit geben, eure Familien zu terrorisieren. Es gibt Männer, die noch für Texas reiten, und genau die werde ich alarmieren!«

»Die Ranger?«, fragt nun einer der Männer ungläubig. »Kann man sich denn auf die noch verlassen? Ich habe Gerüchte gehört, dass die Texas Ranger aufgelöst werden sollen.«

Ben zuckt nur mit den Schultern. Dann nickt er Tom noch einmal zu, bevor er zu seinem Pferd geht und in den Sattel steigt

»Mister, Sie sind doch keiner von uns!«, ruft ihm nun der alte Rusty Shelton hinterher. »Weshalb tun Sie das?«

»Ich bin zwar kein Texaner«, erwidert Ben grinsend. »Aber Tom Cannon ist mein Freund. Und wenn ein Freund in der Not ist, dann muss man ihm doch helfen, oder?«

Mit diesen Worten gibt er seinem Pferd die Zügel frei und reitet los. Das Tier scheint zu ahnen, was Ben nun von ihm verlangt und gibt sein Bestes. Nur wenige Minuten später sind die Hufschläge im Dunkel der Nacht verstummt.

*

Hinter den fernen Hügeln zeichnet sich bereits das erste Morgenrot ab. In weniger als einer Stunde wird die Sonne aufgehen, und dann muss Ben doppelt vorsichtig sein. Denn er hat nicht vergessen, dass Conrad Strykers Männer an den wichtigsten Ausfallstraßen Posten bezogen hatten, als er zusammen mit Tom ins San Saba County kam und noch nicht wusste, was sie beide hier erwartet. Deshalb setzt er seinen Weg nun abseits der Straße fort. Auf keinen Fall darf er riskieren, von Strykers Leuten gesehen zu werden, denn die werden zuerst schießen und dann Fragen stellen. Ben hat bis jetzt Glück gehabt, aber auf dieses Glück darf er sich nicht verlassen.

Während sich die Sonne nun als rotglühender Feuerball am Horizont erhebt, wird das Gelände vor Ben zusehends unübersichtlicher. Deshalb lässt er das Pferd in einen langsamen Trab verfallen und zügelt es schließlich, als der Weg vor ihm etwas steiler und beschwerlicher wird. Hier muss er nun absteigen und das Tier am Zügel weiterführen.

Die höchste Stelle des Geländes hat er noch nicht erreicht, als er plötzlich Hufschläge hört. Ben zerrt das Tier hastig in die Büsche und hält ihm die Hand über die Nüstern, damit es auch ja ruhig bleibt und sie nicht durch Schnauben verrät.

In genau diesen Sekunden tauchen oben auf der Anhöhe auch schon drei Reiter auf. Ben stockt der Atem, da ihm auf einmal klar wird, wie knapp das war. Es sind Männer vom schnellen Eisen – das erkennt Ben sofort. Kerle, mit denen er sich jetzt besser nicht anlegen sollte. Vorsichtig zieht er seine Waffe aus dem Holster und wartet gespannt ab, was nun weiter geschieht

Was die Revolvermänner miteinander reden, kann er nicht verstehen, denn dazu ist er nicht nahe genug. Er spürt, dass sein Pferd allmählich unruhig zu werden beginnt, denn es scharrt aufgeregt mit den Hufen.

»Ganz ruhig«, flüstert Ben nun mit leiser Stimme dem Tier ins Ohr. Der ehemalige Sergeant ist ein guter Pferdekenner und weiß, dass es hierbei einzig und allein auf den Tonfall der Stimme ankommt. Deshalb gelingt es ihm auch, die Nervosität des Pferdes zu vertreiben. Die wenigen Minuten, die Ben nun in seinem Versteck in den Büschen ausharren muss, werden zu Ewigkeiten. Mittlerweile ist es ganz hell geworden, und die drei Reiter oben auf der Hügelkuppe sind noch immer nicht weitergeritten.

Schließlich aber gibt der Vorderste von ihnen seinen beiden Kumpanen einen kurzen Wink. Daraufhin setzen die Männer ihre Pferde in Bewegung und reiten die Anhöhe hinunter – nur wenige Yards an der Stelle vorbei, wo sich Ben zwischen den Büschen verborgen hält.

Er wartet noch so lange ab, bis er auch ganz sicher sein kann, dass die Gefahr vorüber ist. Dann führt Ben schließlich sein Pferd am Zügel aus den Büschen und hinauf direkt zur Spitze des Hügels.

Ein Stein fällt ihm vom Herzen, als er sieht, dass das Land, das sich vor seinen Blicken erstreckt, wieder flacher und übersichtlicher wird. Wohin er auch schaut – nirgendwo kann er etwas Verdächtiges bemerken. Wenn es ihm jetzt noch gelingt, den Horizont weit im Norden zu erreichen, dann ist er in Sicherheit. Denn dort endet die Grenze des San Saba Countys.

Ben sitzt auf und gibt dem Tier die Zügel frei. Das Pferd ist sichtlich erschöpft von dem harten Ritt durch die Nacht, aber Ben kann und will ihm jetzt noch keine Ruhe gönnen. Erst muss er das San Saba County hinter sich gebracht haben.

*

»Da kommt ein Reiter!«, reißt die aufgeregte Stimme Bill Cannons die Männer aus ihrer Ruhe. Nur wenige von ihnen haben Schlaf in dieser Nacht finden können, und als nun die Sonne hinter den fernen Hügeln aufgeht, fühlen sich die meisten der Rancher wie gerädert.

Auch Tom hat nur wenig geschlafen. Trotzdem ist er hellwach, als er die warnende Stimme vernimmt. Er sieht nun seinen Vater, der sich zusammen mit dem alten Rusty drüben bei den Felsen postiert und die erste Wache übernommen hat. Hastig erhebt sich Tom und eilt hinüber.

»Mein Gott, es ist Nancy!«, ruft jetzt Toms Vater, als er seine Tochter im Sattel des Pferdes erkennt. Und das Mädchen reitet genau auf die Stelle zwischen den Felsen zu, wo sich die Männer verborgen halten. Als wenn sie wüsste, dass sie ihren Vater und Tom hier draußen finden wird.

Tom hält es nicht mehr länger in seinem Versteck aus. Er erhebt sich jetzt, klettert hastig hinunter und läuft dann Nancy entgegen. Das Mädchen zügelt ihr Pferd so hart, dass es sich wild aufbäumt. Ein deutlicher Beweis dafür, wie hart Nancy geritten ist

»Nancy, um Himmels Willen!«, ruft ihr Tom nun zu, während seine Schwester hastig absteigt. »Wie um alles in der Welt hast du uns finden können?«

»Sag einem Mädchen, das in der Brasada aufgewachsen ist, nicht, wie es eine Spur finden kann, Tom«, erwidert sie. »Ich konnte mir denken, wo ihr euch aufhaltet, Tom.

Mittlerweile wissen wir auch alle, was in der letzten Nacht geschehen ist Mach dir keine Sorgen um Linda, Tom. Sie ist bei uns auf der Ranch.«

Sie erkennt die Erleichterung in Toms Augen, während sie weiterspricht.

»Ich bin erst losgeritten, nachdem ich sicher sein konnte, dass mir niemand folgt Die Yankees durchstreifen zwar mit Suchtrupps das Land – aber bis in die Brasada haben sie sich bisher noch nicht vorgewagt!«

»Das werden sie sich auch nicht trauen!«, ergreift nun Cummings das Wort, als er hört, dass auch seine Tochter erst einmal in Sicherheit ist. »In die verschlungenen Pfade durch die Dornbuschhecken wagt sich so schnell keiner von diesen verdammten Blaubäuchen!«

Einige der Männer lachen bei Cummings Worten. Das ist ein gutes Zeichen.

»Hast du sonst noch etwas gehört, Nancy?«, will Tom nun von seiner Schwester wissen. »Nun sag es schon – jede Kleinigkeit ist wichtig für uns.«

Er bemerkt Nancys Zögern und fragt sich natürlich, was das für Ursachen hat. Trotzdem wartet er geduldig ab, bis sich Nancy wieder so weit gefasst hat, dass sie fortfahren kann. Er spürt aber jetzt schon, dass das, was sie ihm und den anderen Männern zu sagen hat, keine guten Nachrichten sind.

»Es sind nur Gerüchte, die ich gehört habe.«, berichtet Nancy nun den Ranchern. »Aber Hank Ketchum und zwei unserer Leute waren letzte Nacht in San Saba und haben dort gehört, dass der Richter in den nächsten Tagen Steve aburteilen soll. Sie wollen ein Exempel an unserem Bruder statuieren, Tom!«

Toms Miene wirkt nun sichtlich angespannt, als er Nancys Worte vernimmt. Was das bedeutet, muss sie nicht mehr in allen Einzelheiten schildern. Für Tom ist auch so klar, dass sich Conrad Strykers Wut nun gegen Steve richtet. Es ist ihm nicht gelungen, ihn und die Rancher auszuschalten, deshalb soll nun ein anderer dafür büßen.

»Sie werden ihn hängen, Tom!«, sagt nun Bill Cannon. »Stryker hat den Richter doch längst auf seiner Seite, und wenn der das Todesurteil erst verkündet hat dann kann Steve niemand mehr vor dem Strick retten. Wir müssen was unternehmen – mein Junge darf nicht sterben, versteht ihr?«

Die letzten Worte gelten natürlich auch den übrigen Ranchern. Jeder von ihnen kann gut nachempfinden, in was für einer verzweifelten Situation sich Bill Cannon jetzt befindet.

»Steve wird nicht hängen!«, meldet sich Tom nun wieder zu Wort »Ich werde ihn aus dem Jail holen.«

»Wir sind mit von der Partie, Tom«, sagen Cummings und ein anderer Rancher gleichzeitig, müssen aber dann erkennen, dass Tom ablehnend den Kopf schüttelt.

»Ich mache das auf meine Art«, antwortet er. »Und für diesen Job ist einer allein besser geeignet. Umso unauffälliger kann ich meinen Plan verwirklichen.«

»Wie willst du das anstellen?«, fragt Nancy nun besorgt. »In der Stadt wimmelt es doch von Strykers Revolvermännern. Dir ist doch klar, was sie mit dir machen, wenn sie dich erwischen.«

»Ich habe vier lange Jahre Zeit gehabt, um das Überleben zu lernen, Nancy«, antwortet Tom nun, um seine aufgebrachte Schwester zu besänftigen. »Und ich bilde mir ein, dass ich auf diesem Gebiet jede Menge Erfahrung gesammelt habe. Reite du nur wieder zurück zur Double C-Ranch und sage auch Linda, dass sie sich keine Sorgen zu machen braucht«

»Nancy, was ist mit unseren Familien?«, ergreift nun einer der älteren Rancher das Wort »Jemand muss zu ihnen reiten und ihnen sagen, dass sie sich ruhig verhalten sollen, bis die Ranger hier sind.«

Nancy versteht nicht gleich, um was es geht. Deshalb sagt ihr Tom, dass Ben während der Nacht nach Austin losgeritten ist, um dem Gouverneur von den Missständen im San

Saba County zu berichten und die Texas Ranger zu alarmieren.

Tom fällt auf, wie ein kurzer Schatten Nancys hübsches Gesicht überzieht, als sie von Bens gefährlichem Vorhaben erfährt Aber das registriert er nur am Rande, sonst wäre ihm ganz sicher aufgefallen, dass sich seine Schwester um Ben sorgt.

»Ich werde unsere Cowboys losschicken«, sagt Nancy. »Sie werden euren Frauen und Kindern sagen, was auf dem Spiel steht, macht euch deswegen keine Sorgen.«

Erleichterung zeichnet sich in den Gesichtern der Rancher ab, als sie Nancys Worte vernehmen. Sie wissen, dass sie sich auf Bill Cannons Tochter verlassen können.

»Nancy, du reitest am besten wieder zurück, bevor du doch noch einer Patrouille begegnest«, rät ihr Tom. »Warte auf der Ranch, bis du Nachricht von einem von uns bekommst. Es war zwar gut, dass du uns gesagt hast, wie es um Steve steht – aber ich möchte nicht, dass du noch mehr riskierst.«

»Ich habe getan, was ich tun musste«, erwidert Nancy knapp. Sie umarmt Tom und ihren Vater noch einmal kurz, bevor sie schweren Herzens wieder in den Sattel steigt und losreitet.

»Nancy ist ein tapferes Mädchen«, murmelt der alte Rusty Shelton, während er ihr so lange nachblickt, bis Pferd und Reiter in den Dornbüschen verschwunden sind. »Du kannst stolz auf deine Tochter sein, Bill.«

Welcher Vater wäre nicht glücklich, so etwas zu hören? Bill Cannon lächelt kurz, bevor er das Wort ergreift.

»Solange wir alle zusammenhalten, geht der Stern von Texas nicht unter«, sagt er. Und jeder der Rancher versteht, was er damit sagen will.

Kapitel 7

Conrad Stryker lächelt siegessicher, als er die Tür des Hauses hinter sich schließt. Er war gerade bei Richter Waymore und hatte ein ernstes Gespräch mit ihm geführt. Zuerst hatte der grauhaarige Richter nicht gleich eingesehen, was Stryker von ihm verlangt hatte. Aber als Stryker ihn daran erinnerte, dass Waymore immense Spielschulden im Palace Saloon hat, da lenkte er schließlich ein. Denn dieser Saloon gehört Stryker, und der Geschäftsmann gehört nicht zu der Sorte Menschen, die es vergessen, wenn jemand bei ihnen in der Kreide steht. Vor allen Dingen dann nicht, wenn es solche Leute wie der Richter sind.

»Alles in Ordnung, Mr. Stryker?«, reißt ihn die Stimme des Revolvermannes Hal Jordan aus seinen Gedanken. Jordan hat draußen vor dem Haus des Richters auf seinen Boss gewartet. Seit heute Morgen sieht er es als seine Aufgabe, Leibwächter für Stryker zu spielen. Denn in der letzten Nacht ist eine Menge geschehen.

Zwar kann er sich nicht vorstellen, dass ihm in San Saba Gefahr droht – aber Stryker ist lieber ein wenig vorsichtiger. Zumal er nun offensichtlich einen ernstzunehmenden Gegner hat

Jedes Mal, wenn er an Tom Cannon und die Niederlage, die ihm dieser auf der Cummings-Ranch zugefügt hat, denken muss, dreht sich ihm der Magen um. Er ist geradezu besessen von dem Gedanken, Tom Cannon so lange zu jagen, bis er ihn gestellt und zerbrochen hat.

Und da ist noch Linda Cummings, um die er sich kümmern muss – auf eine Weise, die jede weitere Gegenwehr des Mädchens beenden wird. Stryker hat ihr gegenüber genügend Geduld gezeigt – damit wird es aber von jetzt an aus und vorbei sein. Spätestens dann, wenn die Soldaten und seine Leute diese elenden Rebellen endlich erwischt haben.

»Natürlich«, antwortet nun Stryker auf die Frage Jordans hin. »Das Gesetz ist auf unserer Seite. Wir werden morgen eine Menge Spaß haben, wenn Waymore Cannons Bruder zum Tod durch den Strang verurteilt.«

»Das wird diese Aufrührer aus ihren Verstecken locken«, denkt Hal Jordan laut. »Dann werden wir umso leichter mit ihnen fertig werden.«

»Ich hoffe es«, erwidert Stryker daraufhin und überquert nun zusammen mit Jordan die Mainstreet. Er genießt es, die ängstlichen Blicke einiger Stadtbewohner zu sehen, als er an ihnen vorbei geht. Oh ja, Conrad Stryker ist in den wenigen Monaten, seit er nach Texas gekommen ist zu einem mächtigen und einflussreichen Mann geworden. Es gibt niemanden mehr, der dies ernsthaft anzweifelt. Und wer noch immer nicht begriffen hat, was die Stunde geschlagen hat – nun, es gibt Mittel und Wege, diesen engstirnigen Leuten begreiflich zu machen, dass sie sich besser auf Conrad Strykers Seite stellen.

Tiefe Zufriedenheit erfüllt Stryker, als seine Blicke hinüber zum Jail schweifen, in dem Steve Cannon sicher hinter Schloss und Riegel sitzt. Dieser Trottel wird bald hängen, denkt Stryker siegessicher, weil ihm das der Richter eben fest zugesichert hat Und spätestens dann wird Tom Cannon in seinem Zorn einen Fehler machen. Ich kriege ihn, denkt Stryker in stiller Vorfreude. Ich kriege ihn ganz sicher, und dann mache ich ihn fertig!

*

Tom liegt schon seit einer geschlagenen Stunde hinter den roten Sandsteinfelsen und beobachtet von seinem Versteck aus, wie die Sonne untergeht. Die Hitze des Tages weicht allmählich kälterer Luft, die ihn etwas frösteln lässt. Er zwingt sich aber, das zu ignorieren, denn er muss noch länger hier oben ausharren. So lange, bis er sich hinunter in die Stadt wagen kann. Von hier oben aus kann er die Mainstreet gut überblicken. In einigen Häusern brennt bereits Licht, und auch im Palace Saloon beginnt der nächtliche Betrieb.

Allerdings halten sich nicht viele Menschen auf der Straße auf. Früher um diese Zeit war in San Saba jede Menge los. Wer abends in der Stadt sein Vergnügen suchte, der kam ganz sicher auf seine Kosten. Aber das war lange vor dem blutigen Bürgerkrieg zwischen Nord und Süd. Und jetzt nach Ende dieses Krieges ist alles anders geworden.

Vor einer knappen halben Stunde hat Tom beobachtet, wie ein Trupp Soldaten San Saba verlassen hat. Wahrscheinlich haben sie es immer noch nicht aufgegeben, Tom und die untergetauchten Rancher zu suchen. Aber da werden sie ziemliche Mühe haben, denn schon tagsüber ist die mit zahlreichen Dornenhecken und verkrüppelten Büschen bewachsene Brasada ein wahrer Irrgarten. Nachts dagegen ist es annähernd unmöglich, dort durchzukommen, geschweige denn Spuren zu finden.

Dass die Soldaten dennoch losgeritten sind, zeigt Tom ganz deutlich, wie versessen ihr Kommandant darauf ist, den Widerstand der Rebellen so schnell wie möglich im Keim zu ersticken.

Allmählich wagt Tom sich aus seiner Deckung und führt das Tier am Zügel mit sich. Er bindet es unterhalb der Felsengruppe an einem Comastrauch fest und macht sich dann an den Satteltaschen zu schaffen. Dort holt er vier Stangen Presspulver heraus. Sie stammen aus der alten Weidehütte von Carl Cummings, der im letzten Sommer einige Felsen sprengen wollte, um eine unterirdische Wasserader freizulegen. Die alte Hütte lag nicht weit vom Unterschlupf der Rancher entfernt. Reste dieser Sprengladung trägt Tom nun unter seinem Hemd verborgen.

Jetzt eilt er geduckt mit geschmeidigen Bewegungen auf die ersten Häuser der Stadt zu. Toms ganze Aufmerksamkeit gilt einem etwas abseits gelegenem Gebäude. Es ist eine alte Schmiede, die aber schon seit fast zwei Jahren leer steht, wie Tom von einem der Rancher erfahren hat, als er mit ihnen seinen Plan besprochen hat. Also wird er hier gewiss niemanden von den Stadtbewohnern in Gefahr bringen, wenn er das tut, was er sich vorgenommen hat. Denn er will Verwirrung stiften und dadurch die nötige Zeit gewinnen, die er braucht, um seinen Bruder Steve zu befreien.

Die Minuten kommen Tom vor wie Ewigkeiten, bis er schließlich die Hauswand der alten Schmiede erreicht hat. Er presst sich ganz eng an die raue Holzwand und lauscht in die Nacht hinein. Er zuckt in der nächsten Sekunde spürbar zusammen, da er weiter drüben unvermittelt ein leises Rascheln vernimmt. Sofort reißt er seinen Revolver aus dem Holster und richtet den Lauf auf die Stelle, von wo das Geräusch kam.

Dann aber sieht er, wie eine Katze mit großen Sätzen über den Hof der alten Schmiede hastet und wenige Atemzüge später hinter einem Bretterzaun verschwindet. Nur langsam legt sich die Anspannung, die von Tom gnadenlos Besitz ergriffen hat.

Er vergewissert sich noch einmal, dass er unbeobachtet geblieben ist und öffnet jetzt vorsichtig die Tür des recht baufälligen Gebäudes. Das kurze Knirschen der Türangeln durchdringt ungewöhnlich laut die Stille der Nacht, und Tom ist froh, als er endlich drinnen ist.

Nun zögert er nicht mehr lange. Er holt die Presspulverstangen hervor, nimmt zwei Stangen und verbindet sie mit einer kurzen Zündschnur, die er dafür angefertigt hat. Dann platziert er den Sprengstoff direkt unter einem der vier tragenden Balken des Gebäudes und hofft, dass die Explosion möglichst viel zerstören wird. Je größer das Chaos ist, desto besser stehen seine Chancen, Steve aus dem Jail zu holen.

Bevor er ein Streichholz am Daumennagel anreißt und damit die Lunte entzündet, eilt er noch mal rasch zur Tür und späht hinaus in die Nacht. In diesem Moment hört er Stimmen drüben auf der anderen Straßenseite. Deshalb wartet er so lange ab, bis diese Stimmen wieder verstummt sind. Erst dann wagt er es, die Zündschnur anzustecken.

Als die Flamme des Streichholzes auf die Lunte trifft, wird es für Sekunden hell in Toms unmittelbarer Umgebung. Mit leisem Zischen frisst sich die Flamme jetzt vorwärts und wird in wenigen Minuten sicherlich die Sprengpatrone erreicht haben. Höchste Zeit also für Tom, dass er sich aus dem Staub macht.

Er atmet auf, als er ungesehen die Schmiede verlässt und weiterhastet. Das Gefängnis liegt gut hundert Yards entfernt. Er muss sich also beeilen, bevor hier alles in die Luft geht.

Tom hat gerade einen schützenden Bretterzaun erreicht, als die Stille der Nacht von der ohrenbetäubenden Explosion zerrissen wird. Drüben bei der alten Schmiede zuckt eine grelle Stichflamme in den nächtlichen Himmel empor. Mit einem Schlag ist es aus und vorbei mit der Ruhe, die über dem nächtlichen San Saba lag.

Türen werden aufgerissen, Menschen blicken ängstlich aus den Fenstern und rufen laut nach Hilfe, als sie sehen, dass die alte Schmiede jetzt lichterloh brennt. Dunkle Rauchwolken steigen in den Himmel, während die grellen Flammen weiter gierig nach dem trockenen Holz des alten Gebäudes greifen.

Tom presst sich ganz eng in seine Deckung und sieht, wie nun einige Männer aus den Häusern und hinüber zur Schmiede eilen. Sofort versuchen sie nun gemeinsam, mit Hilfe von Wassereimern aus dem nahen Brunnen, das Feuer einzudämmen. Das registriert Tom aber nur am Rande, denn seine Aufmerksamkeit gilt drei Männern drüben vor dem Saloon. Es sind Burschen, die ihre Revolver auffallend tief tragen. Männer, die auf Strykers Lohnliste stehen, und die rennen jetzt auch hinüber zur brennenden Schmiede. Doch genau damit hat Tom gerechnet. Auch damit, dass nun Sheriff Galloway aus dem Jail gerannt kommt und sich Strykers Revolverfalken anschließt.

Tom wartet noch ein paar Sekunden, dann läuft er geduckt über den Gehsteig zum Eingang des Jails, zieht seine Waffe aus dem Halfter und reißt mit Schwung die Tür auf.

Tatsächlich – es ist niemand mehr im Office. Sofort läuft er weiter bis zur Tür, die in den Zellentrakt führt

»Steve!«, ruft er mit gedämpfter Stimme. »Steve, ich bin gekommen, um dich hier rauszuholen!«

»Tom – die Schlüssel!«, kommt es jetzt ganz aufgeregt von jenseits des Zellengangs her. »Er bewahrt sie immer in seiner Schreibtischschublade auf! Beeil dich – um Himmels Willen!«

Steve weiß auch, was die Stunde geschlagen hat. Tom hat nur wenig Zeit und deshalb eilt er sofort an den Schreibtisch aus Mooreiche, reißt hastig die Schubladen auf, bis er schließlich das gefunden hat, wonach er suchte. Es ist ein Bund mit mehreren Schlüsseln.

Sofort läuft Tom in den Zellengang, bis er Steves Zelle erreicht hat.

»Hol mich raus, Tom!«, fordert Steve mit inständiger Stimme und umkrampft mit seinen nervigen Händen die dicken Gitterstäbe. »Die wollen mich hängen – Galloway hat es mir eben gesagt. Spätestens in zwei Tagen soll ich baumeln!«

»Du wirst nicht hängen, Steve!«, versichert Tom, während er fieberhaft einen Schlüssel nach dem anderen ausprobiert. Erst beim fünften Versuch öffnet sich die Zellentür.

»Komm jetzt!«, ruft Tom seinem Bruder zu. »Wir müssen uns beeilen, sonst erwischen sie uns beide. Mein Pferd steht drüben bei den Büschen!«

Das muss er seinem Bruder nicht zweimal sagen. Die beiden eilen zurück ins Office und erreichen auch den Ausgang, ohne dass sich ihnen jemand entgegenstellt. Aber als sie sich im allgemeinen Chaos davonschleichen wollen, ertönt plötzlich eine aufgeregte Stimme aus der Menge der Schaulustigen.

»Da drüben – der Gefangene will fliehen! Passt auf, Leute!«

Noch bevor das letzte Wort verhallt ist, fällt auch schon der erste Schuss. Der Schütze, einer von Strykers

Revolvermännern, hat diese Kugel jedoch viel zu hastig abgefeuert, und sie streicht deshalb weit über die Flüchtenden hinweg. Eine zweite Gelegenheit gibt Tom dem Gunman nicht mehr. Denn nun hat er die Waffe hochgerissen, zielt kurz auf diesen und drückt ab. Der Revolvermann bricht schreiend zusammen, während andere jetzt hilflos nach Sheriff Galloway und Conrad Stryker brüllen.

»Nun lauf schon!«, ruft Tom seinem Bruder zu. »Ich komme gleich nach!«

Während er das sagt, hat er auch schon die letzten beiden Sprengpatronen unter seinem Hemd hervorgeholt. Er duckt sich, legt seine Waffe kurz beiseite und reißt dann ein Streichholz an. Bruchteile von Sekunden später glüht auch schon die kurze Zündschnur auf und beginnt hörbar zu zischen.

»Jetzt bekommt ihr es – ihr Hundesöhne«, murmelt Tom mit grimmiger Entschlossenheit und schleudert die Presspulverstange hinüber zur anderen Straßenseite. Genau zu der Stelle, wo er einige von Strykers Revolvermännern vermutet.

Die Sprengladung schlägt nur wenige Yards vor der anderen Straßenseite auf und explodiert dann mit ohrenbetäubendem Krachen. Staub und Dreck werden hoch in den nächtlichen Himmel geschleudert und lassen die Revolvermänner erst einmal jeden Gedanken an Gegenwehr vergessen.

Diese kurze Zeitspanne nutzt Tom aus, seine jetzige Deckung zu verlassen und seinem Bruder zu folgen, der schon fast die Büsche am Ende der Straße erreicht hat. Ängstlich blickt Steve sich nach Tom um, der noch einmal innehält und jetzt die letzte Sprengpatrone entzünden will.

»Tom was tust du?«, schreit er besorgt »Jetzt beeil dich, sonst ist es zu spät!«

Aber Tom will ganz sichergehen, dass beide auch genügend Zeit haben, um mit heiler Haut von hier fortzukommen. Nur wenige Atemzüge später brennt auch schon die

Lunte der letzten Sprengladung, und die schleudert Tom hinüber in Richtung Sheriffs Office, weil er dort nun auch Männer auftauchen sieht. Diese gilt es auf Distanz zu halten. Galloway und die anderen müssen notgedrungen hastig in Deckung springen.

Einer von Strykers Revolvermännern schafft es nicht mehr rechtzeitig genug. Er steht unweit der Stelle, wo die Sprengladung aufschlägt. Sein Todesschrei und die donnernde Explosion vermischen sich auf bizarre Weise miteinander.

Tom hastet weiter hinüber zu Steve. Gleich sind wir bei meinem Pferd, denkt Tom und ist erleichtert, als er das Tier endlich erspäht. Wie gut, dass er es besonders fest angebunden hat, denn es ist durch den Donner der Explosionen sichtlich nervös und verängstigt.

»Steig auf!«, fordert Tom seinen Bruder auf und gibt mit dem Revolver zwei Schüsse in Richtung des Office ab. Natürlich kann er auf diese Entfernung niemanden treffen, aber er will die Gegner solange wie möglich in Deckung zwingen.

»Komm schon!«, brüllt Steve und streckt seine Hand dem älteren Bruder entgegen. Tom nickt nur und zieht sich dann mit Steves Hilfe ebenfalls auf den Rücken des Pferdes.

»Los!«, schreit Steve und gibt dem Pferd die Zügel frei. »Jetzt gilt es!«

Das Pferd streckt sich, verfällt von einem kurzen Trab sofort in den schnellen Galopp, während es in San Saba durch die brennende Schmiede fest taghell geworden ist. Tom hört die lauten Stimmen und ängstlichen Rufe der Frauen und Kinder, die so unvermittelt aus ihrer Nachtruhe gerissen wurden.

Sie haben schon fast die Hügelkuppe erreicht, als plötzlich etwas mit heißer Wucht in Toms linke Schulter schlägt und ihn aufstöhnen lässt. Hätte er im selben Moment nicht geistesgegenwärtig reagiert, dann hätte er wahrscheinlich Steve losgelassen und wäre vom Pferd gestürzt.

»Tom, was ist los?«, ruft Steve, als er das Stöhnen seines Bruders vernimmt.

Natürlich ahnt er schon, was geschehen ist und will das Pferd zügeln. Das darf er aber auf keinen Fall tun, denn dann war alles umsonst

»Ich … ich bin getroffen!«, kommt es mühsam über Toms Lippen. »Du darfst nicht anhalten. Reite weiter, los!« Er holt einen kurzen Moment Atem, bevor er fortfährt. »Ich halte das … schon aus!«

Zwar mögen Toms Worte seinen Bruder nicht so recht überzeugen, aber Steve weiß, dass sie beide keine zweite Chance bekommen werden.

Denn Strykers Leute werden die anfängliche Verwirrung jetzt sicher überwunden haben und sich ganz bestimmt auf ihre Fährte setzen. Sie müssen einen großen Vorsprung gewinnen, wenn sie ihren Verfolgern entkommen wollen und das wird ihnen nur gelingen, wenn Steve keine Rücksicht auf den verletzten Bruder nimmt. Natürlich weiß das Tom, und deshalb versucht er sich seine Schmerzen nicht anmerken zu lassen.

»Die Sandsteinfelsen in der Brasada«, sagt Tom nun zu Steve. »Dort ist unser Versteck – du findest den Weg?«

»Und ob!« versichert Steve seinem verletzten Bruder. »Verlass dich ganz auf mich – halte nur aus, Bruder!«

»Unkraut vergeht nicht«, erwidert Tom und will grinsen. Aber eine jähe Schmerzwelle hindert ihn daran und lässt ihn erneut aufstöhnen. Und dann haben sie endlich die Hügelkuppe erreicht, reiten hinaus in die schützende Nacht. Die wütenden Stimmen werden leiser hinter ihnen. Was sie aber stattdessen vernehmen, ist das Donnern von Hufschlägen. Die Verfolger sind also nicht weit hinter ihnen!

Steve weiß, wie wenig Zeit sie haben, und deshalb entschließt er sich zu einem spontanen und auch riskanten Trick. Er rechnet nämlich damit, dass keiner der Verfolger auf den Gedanken käme, dass Tom und Steve jetzt anhalten und sich hier irgendwo verstecken. Nein, jemand, der sich auf der Flucht befindet, der will immer so weit wie möglich wegkommen.

»Was um alles in der Welt hast du denn vor?«, will Tom nun wissen, als er sieht, wie Steve das Pferd nach links dirigiert

»Überlass das nur mir!«, antwortet Steve und springt aus dem Sattel, hilft seinem verletzten Bruder und zieht dann auch das Pferd noch in die Büsche. Und wahrhaftig – Steves Plan funktioniert. Sie sehen den Verfolgertrupp wenige Minuten später als undeutliche Schemen in der Nacht an ihrem Versteck vorbeireiten. Sie warten ab, bis die Hufschläge verstummt sind und wagen sich erst dann wieder heraus. So setzen sie ihren Ritt in die Brasada fort und können ungehindert entkommen.

*

»Gleich hast du's geschafft, Tom!«, ruft Steve seinem Bruder zu, weil er spürt, dass dieser immer schwächer wird. Die Wunde in seiner Schulter macht Tom schwer zu schaffen, zudem hat er auch ziemlich viel Blut verloren. »Halte durch, wir sind bald da.«

Tom nickt nur schwach und klammert sich an Steve fest. In ihm ist eine Hitze, die ihn fast zu verbrennen droht. Wenn nicht bald die Kugel aus seiner Schulter entfernt wird, wird sich Wundbrand bilden, und was das bedeutet, das weiß auch Tom, Deshalb hält er tapfer die Schmerzen aus, auch wenn er fast verrückt dabei wird.

Irgendwann vernimmt er dann auf einmal aufgeregte Stimmen. Und Schritte, die sich schnell dem Pferd nähern, das Steve abrupt gezügelt hat.

Mühsam hebt er den Kopf und löst seine Hände von Steves Schulter. In diesem Moment verliert er das Gleichgewicht und wäre sicherlich zu Boden gestürzt, wenn ihn hilfreiche Hände nicht im allerletzten Moment noch aufgefangen hätten.

»Ihn hat es ziemlich erwischt – ihr müsst euch sofort um ihn kümmern, Leute!«, hört Tom die gehetzte Stimme seines Bruders. Er will etwas sagen, aber über seine Lippen kommt nur ein leises Stöhnen.

Das Fieber hat ihn bereits fest im Griff, und deshalb sieht er die Gesichter der Männer, die ihn jetzt hinüber ans Lagerfeuer tragen, nur als undeutliche Schemen. Er spürt nur, wie man ihn sanft zu Boden gleiten lässt und ihn dann in eine Decke wickelt.

»Tom, mein Junge!«, erklingt die Stimme seines Vaters dicht neben ihm. »Du darfst jetzt nicht aufgeben. Carl wird dir die Kugel aus der Schulter holen.«

In diesen Sekunden wird Toms Blick etwas deutlicher und klarer, und er erkennt die besorgte Miene seines Vaters, der sich über ihn beugt und ihm mit einem Tuch den Schweiß von der Stirn wischt.

»Was … was ist mit Steve?«, flüstert Tom ganz schwach, »Ist er … ich meine …?«

»Er ist in Sicherheit – genau wie du auch, Tom«, beruhigt ihn sein Vater. »Ihr habt das Camp erreicht, ohne dass euch die Verfolger eingeholt haben. Aber darüber musst du dir jetzt gewiss nicht deinen Kopf zerbrechen, mein Junge. Du brauchst deine ganze Kraft, um das zu überstehen, was jetzt kommt Hier, nimm einen großen Schluck Whiskey, Tom. Das wird die Schmerzen betäuben.«

Tom nickt nur und nimmt mit schwachen Händen die Flasche an sich. Er trinkt und spürt, wie sich in seinem Magen eine wohltuende Wärme ausbreitet. Gleichzeitig nimmt auch das schlimme Pochen in seiner Schulterwunde wieder etwas ab.

»Du kannst jetzt anfangen, Carl!«, sagt Bill Cannon zu Cummings, der sein Messer in den Flammen des Lagerfeuers zum Glühen gebracht hat Und zu Tom sagt er dann: »Junge, es wird nun gleich sehr weh tun. Hier, nimm dieses Stück Holz!« Er schiebt es Tom zwischen die Zähne. »Beiß drauf, so fest du nur kannst«, rät er ihm. »Umso schneller wird es wieder vorbei sein.«

Er weiß, dass diese Worte nur ein schwacher Trost sind, denn er kann sich gut vorsteilen, was Tom nun gleich durchmachen muss. Aber wenn sie noch länger zögern, kann es schon bald zu spät sein.

»Nun fangt doch endlich an!«, kommt es undeutlich über Toms Lippen, weil er es auch schnell hinter sich gebracht haben will. Und das ist das Zeichen für Carl Cummings, mit dem glühenden Messer sein mühsames Werk zu beginnen. Sekunden später spürt Tom einen so schlimmen, glühend heißen Schmerz, dass er trotz aller Mühen laut aufbrüllt. Er bäumt sich unter den Händen seines Vaters hoch auf und fällt dann zurück. Eine gnädige Ohnmacht hat ihn erfasst, und so spürt er wenigstens nicht, wie Cummings mit geschickten Fingern die Bleikugel aus seiner Schulter holt.

Kapitel 8

Schweißflocken zeichnen sich auf dem Fell des Pferdes ab, während Ben es unbarmherzig weiter vorantreibt. Das Tier gibt zwar nach wie vor sein Bestes, aber der ehemalige Sergeant spürt, dass das Pferd nicht mehr lange durchhalten wird. Es ist schon ziemlich mit seinen Kräften am Ende, und wenn er nicht bald eine Ruhepause einlegt, wird es sicher unter ihm zusammenbrechen. Aber er kann noch nicht anhalten, darf sich noch keine Pause gönnen, denn je mehr er sich Zeit lässt, umso später wird er in Austin ankommen und demzufolge auch später zurückkommen. Er weiß zwar nicht, in welcher Lage sich Tom und dessen Gefährten jetzt befinden, aber er spürt, dass sehr viel davon abhängt, dass er rechtzeitig in Austin ankommt.

Genau in diesem Augenblick tritt das Pferd mit dem rechten Vorderhuf in einen Präriehundbau und knickt ein. Es wiehert schmerzerfüllt auf. Ben wird in hohem Bogen aus dem Sattel geschleudert und prallt recht unsanft auf dem harten Erdboden auf. Zum Glück aber hat Ben sich noch geschickt abrollen können, sodass er sich nichts gebrochen hat. Es sind nur ein paar Prellungen, die zwar ein wenig schmerzen. Er ist ansonsten aber nicht verletzt. Ganz im Gegensatz zu seinem Pferd, das gequält auf wiehert und vergeblich aufzustehen versucht.

Aber das ist nicht mehr möglich. Ben stößt einen grässlichen Fluch aus, als er erkennen muss, dass der rechte Vorderlauf des Tieres in einem unnatürlichen Winkel vom Körper absteht. Das Pferd ist ganz offensichtlich nicht mehr zu retten.

»Verdammter Mist«, murmelt Ben und geht mit schweren Schritten zu dem Tier, das ihn mit großen Augen ansieht.

Ben fällt es nicht leicht, aber ihm bleibt keine andere Möglichkeit. Er will nicht, dass das Tier noch länger Schmerzen erleiden muss. Deshalb zieht er seinen Revolver, hält den Lauf gegen die Stirn des Tieres und drückt ab. Das Pferd bäumt sich noch einmal auf und fällt dann zurück.

Dann bemüht sich Ben, dem toten Pferd den Sattel abzunehmen. Wenige Minuten später hat er auch das hinter sich, wuchtet den schweren Sattel auf die Schulter und setzt seinen Weg in Richtung Norden fort

Das San Saba County liegt schon einen ganzen Tagesritt hinter ihm zurück, und er befindet sich jetzt irgendwo im Niemandsland jenseits des Rio Pecos. Aber zum Glück hat er sich in der Nähe der Postkutschenstraße aufgehalten, so dass er hofft, bald auf eine menschliche Ansiedlung zu stoßen. Sonst bedeutet das nicht nur das Ende für ihn, sondern erst recht für die Rancher im San Saba County.

Die Sonne hat jetzt ihren höchsten Stand erreicht, und es ist eine recht schweißtreibende Arbeit, mit dem schweren Sattel auf der Schulter voranzukommen. Ben verspürt ziemlichen Durst, aber er will noch sparsam mit dem knappen Wasservorrat umgehen. Denn er weiß ja nicht, wie lange er noch braucht, bis er endlich auf Menschen oder eine Wasserquelle stößt.

So vergehen einige Stunden, währenddessen die Sonne am Himmel weiter nach Westen wandert. Für Ben scheint eine halbe Ewigkeit vergangen zu sein, als er schließlich am fernen Horizont die Umrisse einiger Gebäude im grellen Licht der Nachmittagssonne erkennt. Zuerst glaubt er an eine Sinnestäuschung, weil sich seine Füße schwer wie Blei anfühlen und er auch schon die letzten Kraftreserven mobilisiert hat. Dann aber schleicht sich ein siegessicheres Grinsen in seine, vom gelben Alkalistaub verkrusteten Gesichtszüge, als ihm klar wird, dass dies keine Täuschung ist.

Nein, das sind tatsächlich zwei Gebäude und dicht daneben ein Corral. Wahrscheinlich eine Pferdewechselstation der Butterfield Overland Line – aber für Ben bedeutet das die Rettung.

Nun hat er es sichtlich eilig, dieses Ziel zu erreichen. Er stapft durch den Staub der Wüste, strengt sich an, die Gebäude so schnell wie möglich zu erreichen. Da vorn hat man ihn jetzt auch schon bemerkt. Ein breitschultriger Mann mit schwarzem Hut und verwaschenem Baumwollhemd tritt jetzt mit einem Gewehr in der Hand ins Freie und richtet den Lauf argwöhnisch auf den einsamen Wüstenwanderer, der direkt aus dem Nichts zu kommen scheint. Einige lange Augenblicke vergehen, bis der Mann schließlich begreift, dass ihm von Ben keine Gefahr droht. Denn dieser Mann ist viel zu erschöpft.

»Gütiger Himmel«, murmelt der Stationshalter, als er sieht, dass sich Ben erst von seinem Sattel trennt, als er schon auf dem Hof der Station steht Dann stapft Ben mit schweren Schritten hinüber zur Pferdetränke direkt vor dem Haus und wirft sich einfach hinein.

Prustend und schnaubend erhebt er sich aus der Tränke und fühlt sich wie neugeboren, als er dem Stationshalter dann endlich zunickt.

»Mister, haben Sie ein Pferd für mich?«, erkundigt sich Ben nun bei dem Stationshalter, während ihm die Wassertropfen in den Kragen seines Hemdes laufen. »Ich habe meines irgendwo jenseits des Horizontes zurücklassen müssen – mit einem gebrochenen Vorderlauf.«

»Schlimme Sache, wenn einem das mitten in dieser Einöde passiert«, antwortet der Stationshalter daraufhin, »Natürlich habe ich Pferde, aber sie gehören der Butterfield Line. Die kann ich nicht so ohne weiteres verkaufen, verstehen Sie?«

Ben begreift, in welcher Lage sich der Mann befindet. Er nickt, bevor er wieder das Wort ergreift.

»Und wann kommt dann hier die nächste Kutsche vorbei?«, will er nun wissen.

»Heute nicht mehr – wenn Sie Glück haben, in zwei Tagen«, antwortet der Stationshalter. »Die verdammten Comanchen machen diesen Landstrich ziemlich unsicher. Hier draußen muss man mit allem rechnen. Sie müssen es wirklich verdammt eilig haben, wenn Sie nicht die Kutsche abwarten können, Mister«, wendet er sich an Ben. »Ist das Gesetz hinter Ihnen her?«

Bei diesen Worten hebt er den Lauf des Gewehrs unwillkürlich etwas höher und zielt damit auf Bens Magen.

»Ich will nach Austin, damit das Gesetz ins San Saba County kommt und dort für Gerechtigkeit sorgt«, sagt Ben zu dem Stationshalter. »Und deswegen brauche ich jetzt unbedingt ein Pferd – es geht um die Existenz vieler kleiner Farmer und Rancher.«

Irgendetwas in Bens Worten lässt das Misstrauen des Stationshalters schwinden. Er lässt den Lauf seiner Waffe sinken und scheint einen Augenblick lang zu überlegen, bevor er schließlich zu einer Antwort ansetzt.

»Gibt es Ärger mit den Yankees?«, fragt er ahnend und registriert, wie Ben heftig nickt »Verdammt, ich hätte es mir denken können. Diese Schweinehunde geben nicht eher auf, bis sie alle von uns Texanern in die Knie gezwungen haben. Wo haben Sie gekämpft, Mann?«

»Bei Chancellorsville war ich dabei, und auch bei Shiloh«, antwortet Ben sofort, »Ich habe miterlebt, wie J. E. B. Stuart gefallen ist.«

»Ein Held war er«, meint der Stationshalter. »Hätte er sein Leben nicht so frühzeitig geben müssen, dann hätten wir den Yankees umso mehr eingeheizt. Mister, ich weiß zwar nicht, wie ich das meinem Boss erklären soll – aber Sie bekommen ein Pferd von mir. Weil ich glaube, dass Sie die Wahrheit sagen. Kommen Sie mit, der Corral ist gleich da hinten.«

Ben fällt bei diesen Worten ein sprichwörtlicher Stein vom Herzen. Er zögert keine Sekunde mehr, sondern folgt sofort dem Stationshalter und sieht sich die Pferde dann gründlich an. Er braucht gar nicht lange, um sich schließlich für einen großen starkknochigen Wallach zu entscheiden.

»Sie sind wohl ein Pferdekenner", sagt der Stationshalter. »Der Wallach ist mein bestes Tier – aber bei Gott, Sie sollen ihn haben. Wenn ich Ihnen damit helfen kann, dass Recht und Gesetz wieder ins San Saba County zurückkehren, dann ist es in Ordnung!«

Ben ergreift spontan die kräftige Hand des Mannes und schüttelt sie. Dann legt er dem Wallach den Sattel auf, zurrt ihn fest und führt das Tier dann aus dem Corral. Indes hat der Stationshalter für Ben etwas Proviant zusammengepackt und drückt ihm diesen in die Hand. Ben holt daraufhin ein Zwanzigdollar-Geldstück aus der Tasche, fast das letzte Geld, das er besitzt. Aber er gibt es gern, denn ohne die Hilfe dieses Mannes wäre er sicherlich so schnell nicht weitergekommen.

»Danke«, sagt er knapp, weil er sowieso nicht weiß, wie er sich für diese Hilfe erkenntlich zeigen soll.

»Ist schon in Ordnung«, winkt der Stationshalter ab. »Wenn jemand den Wallach vermisst, dann werde ich eben sagen, dass ihn die Comanchen während der Nacht gestohlen haben. Vor denen sollten Sie sich übrigens auch in Acht nehmen, Mister. Passen Sie auf, dass Sie keinen Ärger mit den Roten bekommen – mit denen ist nämlich nicht zu spaßen.«

»Ich habe keine Lust, meinen Skalp leichtfertig aufs Spiel zu setzen«, verspricht ihm Ben und verabschiedet sich dann von dem alten Kriegsveteranen. »Gott schütze Sie, Mister!«

Dann treibt er das Pferd an. Nur zehn Minuten später ist er bereits ein winziger kleiner Punkt am fernen Horizont. Und die Station der Butterfield Line liegt schon weit hinter ihm zurück.

*

Hank Ketchum zügelt sein Pferd im gleißenden Licht der Nachmittagssonne. Dem Vormann der Double C-Ranch steht der Schweiß auf der Stirn. Die Luft flimmert vor seinen Augen, und das Pferd ist sichtlich erschöpft von dem Gewaltritt. Aber noch darf er das Tier nicht schonen, denn er muss so schnell wie möglich den Unterschlupf der Rancher erreichen. Weil er eine wichtige Nachricht für seinen Boss und die anderen Männer hat.

Rote Sandsteinfelsen erstrecken sich vor seinen Augen. Nancy hat ihm den ungefähren Weg beschrieben, und Hank Ketchum weiß, dass er bald am Ziel sein muss. Im selben Moment sieht er auch schon die beiden bewaffneten Männer plötzlich oben auf den Felsen auftauchen. Sie zielen mit ihren Gewehren auf ihn. Sofort reißt sich Ketchum den Hut vom Kopf und hofft, dass sie ihn schon erkennen können.

»Nicht schießen!", ruft er, um ganz sicher zu gehen, »Ich bin es – Hank Ketchum von der Double C-Ranch!«

Nun lassen die Männer ihre Waffen sinken. Als Hank näherkommt, erkennt er Tom Cannon und Carl Cummings, die dort oben Wachposten bezogen haben. Beim Anblick des Cowboys verlassen die beiden Männer nun ihre Stellung, bleiben schließlich wenige Minuten später vor Hank Ketchum stehen. Erst dann sieht er den frischen Verband, den Tom trägt. Der Sohn seines Ranchers ist noch etwas blass im Gesicht. Aber wenn die Wunde wirklich noch schmerzen sollte, so lässt er sich das nicht ansehen.

»Mr. Cummings«, wendet sich jetzt Ketchum an den Rancher. »In San Saba …«, er stockt noch, weil das, was er Cummings zu sagen hat, nicht leicht ist. »Verdammt, wir konnten es nicht verhindern. Wir haben es erst erfahren, als Shorty Smith schon mittendrin steckte.«

»Shorty!«, keucht Carl Cummings nun, als die Rede auf seinen einzigen Cowboy kommt. »Nun rede schon – was ist mit ihm?«

»Er ist tot, Mr. Cummings!«, stößt Ketchum nun rau hervor. »Strykers Leute haben ihn so provoziert, dass er gar nicht anders konnte, als sich zu wehren. Dabei hatte der alte Narr doch von Anfang an keine Chance. Auf der Mainstreet haben sie ihn niedergeschossen wie einen tollen Hund. Und dabei war Shorty nur in der Stadt, um Werkzeug zu besorgen. Er wollte unbedingt den Corral ausbessern, Mr. Cummings. Und das, obwohl er genau wusste, dass …«

Hank Ketchum bricht ab, schüttelt heftig den Kopf. Erst dann blickt er Tom und Carl Cummings wieder an.

»Die Jungs und ich – wir wollen nicht mehr länger zusehen, was mit unserem County und den Menschen geschieht. Wir wollen kämpfen und es mit Strykers Leuten austragen. Er oder wir – auf jeden Fall muss Schluss sein mit der Gewalt!«

»Wie habt ihr euch das vorgestellt, Hank?", will Tom nun von dem Vormann seines Vaters wissen, während nun auch die anderen Rancher näherkommen. Auch sie haben gehört, was Ketchum gerade berichtet hat, und die Blicke der Männer sprechen mehr als tausend Worte. Ausgerechnet Shorty Smith musste sterben – ein alter Cowboy, der immer nur an die Ranch gedacht hat – und für die hat er jetzt sein Leben lassen müssen!

»Einer von uns müsste die Soldaten ablenken und auf eine falsche Fährte führen«, sagt der Vormann jetzt so laut, dass es alle anderen hören können. »In der Zwischenzeit reitet der Rest nach San Saba und rechnet mit Strykers Revolverschwingern ab. Nun seht mich nicht so erstaunt an – natürlich weiß ich, wie gefährlich das ist. Und ich rechne auch damit, dass ich selbst vielleicht dabei draufgehen werde. Aber das ist immer noch besser, als teilnahmslos dieses Unrecht zu ertragen!«

»Hank, das ist ein guter Plan«, meldet sich Tom nun erneut zu Wort. »Falls wir es schaffen sollten, das alles so lange durchzustehen, bis Ben mit den Rangern hier ist, dann könnte das der endgültige Durchbruch sein. Was meint ihr dazu?«

»Ich will auch nicht mehr warten, bis vielleicht ein Wunder geschieht«, sagt Rusty Shelton und spuckt einen braunen Strahl Tabaksaft direkt vor die Stiefel des Mannes, der neben ihm steht. »Was mich betrifft, ich bin mit dabei. Und ihr alle hoffentlich auch!«

»Yeah, du hast recht, Rusty«, fügt Bill Cannon hinzu. »Zeigen wir diesen verdammten Verbrechern, dass ein Texaner niemals aufgibt!«

Euphorie breitet sich unter den Ranchern aus, die sich hier draußen in der Brasada dem Zugriff der Soldaten und vor Strykers Leuten entzogen haben. Aber wenn sie erst ihr Versteck verlassen haben, gibt es nur noch Sieg oder endgültigen Untergang.

Indes ist Tom in Gedanken bei seinem Freund Ben. Während die Rancher nun im Einzelnen ihren Plan besprechen, blickt er hinaus zum fernen Horizont. Er fragt sich, ob Ben es wirklich schaffen wird, in Austin mit den Verantwortlichen zu sprechen. Denn ohne Hilfe von außen ist es fast unmöglich, diese Situation jetzt noch unbeschadet zu bewältigen.

»Tom, was grübelst du denn?«, reißt ihn die Stimme seines Bruders aus den Gedanken. »Verlass dich drauf – wir werden diesen Burschen ordentlich einheizen. Denen wird Hören und Sehen vergehen. Und ich kann mich endlich dafür revanchieren, dass Stryker mich hängen lassen wollte.«

Tom nickt nur. In Steves Augen lodert wilde Entschlossenheit zum Kampf. Ein Kampf, in dem er womöglich sein Leben lassen wird. Genauso wie sein Vater und all die anderen. Aber je länger Tom darüber nachdenkt, desto mehr kommt er zu der Überzeugung, dass es richtig ist, was sie tun wollen.

*

»He, Cowboy!«, erschallt die Stimme des Corporals oben vom Wachturm, als er sieht, wie der Reiter vor dem Tor des Forts sein Pferd so hart zügelt, dass sich das Pferd wild unter den Zügeln aufbäumt und gequält auf wiehert. »Ist vielleicht der Teufel persönlich hinter dir her, oder warum hast du es so verdammt eilig?«

»Macht das Tor auf!«, erklingt dann die gehetzte Stimme von unten, »Ich muss dringend mit Major Wilkins sprechen – ich habe eine wichtige Nachricht für ihn. Nun mach schon auf, Mann – oder willst du, dass der Major dir den Kopf abreißt, wenn er erst erfährt, dass du mich daran gehindert hast, mit ihm zu reden?«

Irgendetwas liegt in der Stimme des Cowboys, was den Corporal unwillkürlich aufhorchen lässt. Sekunden vergehen, aber dann ruft er den Soldaten unten am Tor etwas zu, worauf sich dieses kurze Zeit später für ihn öffnet. Hank Ketchum reitet nun in den Innenhof von Fort Concho und konzentriert sich voll auf seine Rolle, die er gleich dem Major vorzuspielen gedenkt.

Noch bevor Ketchum aus dem Sattel gestiegen ist, hört er bereits, wie sich die Tür das Holzhauses öffnet. Als er sich dann umdreht, erkennt er Major Wilkins. Dem Offizier ist es wohl nicht entgangen, dass da jemand gekommen ist, der es verdammt eilig hat. Prüfende Blicke richten sich nun auf den Vormann, und Ketchum weiß, dass es jetzt drauf ankommt, seine Rolle so gut wie möglich zu spielen.

»Major Wilkins!«, kommt es dann über seine Lippen, »Ich muss Ihnen eine wichtige Meldung machen – ich glaube, ich weiß, wo sich die flüchtigen Rebellen versteckt halten!«

Es flackert kurz in den Augen des altgedienten Offiziers auf, als er das hört.

»Reden Sie!«, fordert er Ketchum auf, und der erzählt nun genau das, was er zuvor mit Tom und den anderen besprochen hat. Er berichtet dem Major von einem Versteck mitten in der Brasada, das er und zwei andere Cowboys mehr durch Zufall entdeckt haben wollen.

»Es muss endlich Ruhe im County geben, Major«, fährt er nun fort. »Deshalb musste ich sofort losreiten, um Ihnen das zu sagen. Ich bin überzeugt davon, dass mit dem Eingreifen der Armee endlich Ruhe ins San Saba County kommt«

»Das sagt ein Texaner wie Sie?«, grübelt der Major etwas misstrauisch, »Etwas ungewöhnlich – finden Sie nicht auch?«

»Major, während andere im Krieg waren, habe ich hart gearbeitet«, antwortet der Vormann nun. »Und ich möchte verhindern, dass es hier einen zweiten Krieg gibt – verstehen Sie das?«

Major Wilkins nickt schließlich. Die offenen Worte des texanischen Cowboys haben ihn wohl überzeugt. Er dreht sich kurz um, ruft mit befehlsgewohnter Stimme nach einem Sergeant und trägt ihm auf, unverzüglich einen Trupp zusammenzustellen. Doch er selbst wird es sich nicht nehmen lassen, mit dabei zu sein, wenn es gilt, das Versteck der Rebellen auszuheben.

»Sie werden mitreiten und uns den Weg zeigen!«, sagt der Major zu Ketchum. »Und ich hoffe in Ihrem Interesse, dass alles stimmt, was Sie mir gesagt haben. Denn sonst werden Sie eine Menge Ärger bekommen!«

Ketchum nickt nur, während er innerlich darüber jubelt, dass ihm diese Yankees tatsächlich auf den Leim gegangen sind. Er gönnt sich und dem Pferd ein wenig Ruhe, während er zusieht, wie Befehle über den Innenhof des Forts erschallen. Pferde werden aus den Ställen geholt und gesattelt. Soldaten eilen hastig aus ihren Quartieren und empfangen Munition und Proviant.

Eine knappe halbe Stunde später verlässt dann der größte Teil der Besatzung das Fort. Es bleiben nur noch wenige Männer zurück, meist die jüngeren Rekruten. Major Wilkins ist fest davon überzeugt, endlich diesen Unruhen beenden zu können. Mit jeder Meile, mit der sich die Schwadron nun vom Fort und San Saba entfernt, wächst die Chance für die anderen.

*

Steve liegt regungslos zwischen den Felsen und blickt hinaus in die grelle Nachmittagssonne. Gut eine halbe Meile entfernt führt die alte Postkutschenstraße vorbei, die in San Saba endet. Seit zwei Stunden hat er hier Posten bezogen und beobachtet die Ebene, die sich vor seinen Augen erstreckt. Steve ignoriert die fast unerträglich gewordene Hitze, als er jetzt zum wiederholten Mal das Fernrohr ansetzt und hindurchsieht.

Er grinst zufrieden, als er die Staubwolke am Horizont erkennt, die rasch größer wird. Augenblicke später schälen sich die Umrisse blau uniformierter Reiter heraus. Eine ganze Schwadron ist es – angeführt von Hank Ketchum.

»Dieser Teufelskerl«, murmelt Steve bewundernd. »Er hat es doch tatsächlich geschafft, die Yankees an der Nase herumzuführen.«

Von seinem Versteck aus beobachtet er, wie Ketchum die Soldaten weiter nach Südwesten führt, also mitten hinein in das unwegsame Land der Dornbuschhecken – in die Brasada. Steve schaut dem Reitertrupp solange hinterher, bis er die Männer selbst mit dem Fernrohr nicht mehr erkennen kann. Dann ist es aus und vorbei mit der Ruhe der letzten Stunden.

Hastig erhebt er sich, springt in den Sattel und jagt los. Tom und die anderen Rancher befinden sich nur knappe zwei Meilen entfernt am Ende eines ausgetrockneten Arroyos. Steve reißt sich den Hut vom Kopf und schwenkt ihn wild hin und her, während er auf seine Gefährten zureitet.

»Es hat geklappt!«, ruft er den Männern zu, die schon sehr gespannt auf seine Rückkehr gewartet haben und ihn neugierig ansehen. »Die Soldaten haben das Fort verlassen – es ist eine ganze Schwadron, die Hank auf den Leim gegangen ist!«

»Sehr gut«, kommentiert Tom Cannon den kurzen Bericht seines Bruders. »Worauf warten wir dann noch, Freunde? Reiten wir nach San Saba!«

Die Männer sind bereit. Sie holen ihre Pferde, sitzen auf und machen sich auf den Weg in die Hauptstadt des Countys, um dort mit den Halunken abzurechnen, die das Gesetz außer Kraft gesetzt haben.

Kapitel 9

Die Sonne ist bereits hinter den fernen Hügeln versunken, als Tom und die Rancher San Saba erreichen. Sie haben einen weiten Bogen geschlagen und sind lange abseits der Straße geritten. Denn sie wollen ganz sichergehen, dass sie nicht auf Männer von Conrad Stryker treffen. Doch sie haben Glück. Niemand begegnet ihnen, und so zügeln sie schließlich ihre Tiere auf einer kleinen Anhöhe, von der sie einen guten Überblick über die Stadt haben. Lichter brennen in den Häusern, und aus dem Saloon klingen schwach Pianotöne zu ihnen herauf.

»Hier teilen wir uns am besten in zwei Gruppen auf«, schlägt Tom vor, »Steve, Pa – ihr kommt mit mir!« Auch Rusty Shelton und vier andere Rancher gesellen sich zu Tom. Der andere Teil der Männer soll nach Toms Willen von Carl Cummings angeführt werden.

»Wenn es Wachposten in der Stadt gibt, dann müssen wir die zuerst ausschalten«, erklärt Tom. »Und dann schnappen wir uns Stryker und den Rest seiner Männer.«

»Diese Schweinehunde sitzen bestimmt im Saloon und feiern wieder«, sagt Cummings mit bitterer Stimme. »Aber das treiben wir ihnen heute noch aus!«

Er ist noch sichtlich erzürnt über den Tod von Shorty Smith, der viele Jahre auf seiner Ranch gearbeitet hat. Cummings hat Strykers Leuten eine Rechnung zu präsentieren und ist kaum noch zu halten.

Minuten später teilen sich die Männer wie besprochen auf. Während Cummings mit einem Teil der Rancher im Dunkel der Nacht untertaucht, machen sich nun auch Tom und der Rest auf den Weg hinunter nach San Saba. Sie nutzen dabei jede kleinste Deckung, um nicht doch noch im allerletzten Moment entdeckt zu werden.

Aber in der Stadt scheint niemand ernsthaft damit zu rechnen, dass es heute Nacht zu Zwischenfällen kommen könnte. Offensichtlich sind sie zu überzeugt davon, dass die Schwadron Soldaten die Rebellen bald stellen und endlich vernichten wird.

Ihr werdet euch ganz gewaltig wundern, denkt Tom, während er sich geduckt voranschleicht, bis er und die Männer schließlich die verkohlten Überreste der alten Schmiede erreichen. Die Stelle, wo Tom in der letzten Nacht eine Hölle entfesselte, um seinen Bruder aus dem Jail zu befreien.

Hier späht er zunächst über die nächtliche Mainstreet und versucht, jede Einzelheit zu registrieren. Aber es sieht tatsächlich danach aus, als wenn die Stadt ganz friedlich schlummert. Nur drüben beim Saloon halten sich einige Männer auf. Sie verschwinden aber im Inneren des Gebäudes.

Rusty Shelton will nun schon seine Deckung verlassen, als ihn Toms leise Stimme innehalten lässt.

»Einen Moment!«, sagt er. »Da oben am Ende der Straße – seht ihr die beiden Männer denn nicht?«

Der alte Rancher zuckt zusammen, als er Toms Warnung vernimmt. Auch Bill Cannon und Steve schauen jetzt zu der betreffenden Stelle. Es vergehen einige Sekunden, bis sie schließlich die Männer erkennen können. Sie stehen in der Nähe eines Fensters, hinter dem eine Lampe die Stelle etwas erhellt, wo die beiden Männer verweilen. Einer der beiden Kerle hält ein Gewehr in den Händen.

»Die Burschen müssen wir ausschalten – sonst kommen wir nie bis zum Saloon«, flüstert Tom und hofft, dass auch Cummings und die anderen nicht übereifrig handeln. Denn wenn sie von der anderen Seite kommen, müssen auch sie die beiden Wachposten bemerken. Hoffentlich, denkt Tom, hoffentlich schlagen sie nicht zu früh los.

»Steve«, raunt er dann seinem Bruder zu. »Komm mit und gib mir Deckung. Aber schieß erst, wenn ich dir ein Zeichen gebe. Hast du das verstanden?«

Steve nickt heftig. Er ist stolz, Tom helfen zu können und folgt ihm sofort. Leise schleichen sich die beiden in einem Bogen seitwärts in die Nähe der Revolvermänner. Schon jetzt hören sie die Stimmen der Männer, die noch nichts ahnen.

»… werden wir endlich abgelöst?«, hört Tom nun den Mann mit dem Gewehr undeutlich sagen, »Verdammt, ich möchte mir auch endlich einen Drink genehmigen!«

»Die letzte halbe Stunde wird schon noch vorbeigehen«, erwidert sein Kumpan beschwichtigend. »Mensch, Clete – nun hör auf, dich zu beschweren. Du weißt doch, dass der Boss von uns erwartet, dass wir die Augen offenhalten.«

»Tim, diese Rebellen sind doch schon fertig«, antwortet Clete. »Die werden nun von den Soldaten so lange gehetzt, bis sie schließlich aufgeben müssen. Denk an meine Worte: In spätestens zwei Tagen ist der ganze Spuk vorbei, und dann haben wir freie Hand im San Saba County.«

Du wirst dich noch wundern, denkt Tom grimmig, als er die Worte des Revolvermannes hört. Die beiden Kerle fühlen sich anscheinend völlig sicher. Und genau das wird ihnen gleich zum Verhängnis.

Tom und Steve haben sich jetzt schon so nah an die beiden herangeschlichen, dass sie wirklich jedes Wort verstehen können. Tom nickt seinem Bruder nur kurz zu, und der begreift sofort. Er hat seinen Revolver griffbereit und sieht gespannt zu, wie sich Tom unbemerkt noch näher an die beiden heranwagt. Nur noch wenige Yards, dann hat er die Gegner erreicht. Jetzt muss alles blitzschnell gehen. Auch Tom hat seine Waffe in der Hand und ist fest entschlossen, sie notfalls auch einzusetzen. Ähnliche Situationen hat er während der Kriegsjahre mehr als einmal durchstehen müssen, wenn er und seine Männer ins Feindesland ritten und dort auf gegnerische Patrouillen gestoßen sind.

»Hast du mal Feuer, Tim?«, hört Tom einen der Männer sagen und begreift im selben Moment, dass dies genau der entscheidende Augenblick ist, auf den er gewartet hat. Denn die Revolvermänner sind nun für wenige Sekunden abgelenkt.

Er hastet nach vorn, springt wie ein Schemen aus der Nacht einen der beiden Revolvermänner an und versetzt ihm mit dem Lauf seiner Waffe einen harten Schlag auf den Kopf. Während dieser gar nicht mehr begreift, was ihm geschieht und besinnungslos zu Boden stürzt, will der andere jetzt seine Waffe aus dem Halfter reißen.

»Verdammt«, kommt es über seine Lippen. Sofort reißt ihn Tom zu Boden und versetzt ihm einen wuchtigen Hieb in den Magen. Tom macht kurzen Prozess und schickt auch den zweiten Mann nur wenige Sekunden später ins Reich der Träume.

»Komm schon«, raunt er dann seinem staunenden Bruder zu, der diesen kurzen Kampf mit weit aufgerissenen Augen verfolgt hat. »Wir müssen sie von der Straße wegschaffen!«

Steve befolgt den Befehl seines Bruders. Sie schleifen gemeinsam die beiden niedergeschlagenen Revolvermänner in eine dunkle Seitenstraße. Allerdings achten sie nicht auf das, was gerade auf der anderen Straßenseite beim Saloon geschieht. Denn einer von Strykers Leuten kommt in diesen Sekunden heraus und späht in die Nacht hinein. Plötzlich zuckt seine Hand zur Hüfte.

»He!«, ruft er. »Das ist doch …«

Er bricht ab, reißt seinen Revolver aus dem Holster und gibt einen ungezielten Schuss ab. Die zu hastig abgefeuerte Kugel des Mannes trifft ihr Ziel nicht, und zu einem zweiten Schuss kommt der Bursche nicht mehr. Denn nun greifen Carl Cummings und die anderen Rancher in das Geschehen ein. Von ihrem Versteck aus glauben sie zu erkennen, dass Tom und Steve in Bedrängnis geraten sind und einer von Strykers Leuten das Feuer eröffnet hat.

Deshalb zögert Cummings keine weitere Sekunde mehr. Er trifft den Revolvermann mit einem sauberen Gewehrschuss. Der Gunman schreit auf, während die Waffe seinen Händen entgleitet. Dann prallt er mit einem dumpfen Laut auf die Bretter des Gehsteigs und bleibt dort regungslos liegen.

»Tom!«, ruft Steve ganz aufgeregt, weil er ahnt, dass es vorbei ist mit der nächtlichen Ruhe in der Stadt »Die wissen doch nun Bescheid, dass …«

»Natürlich«, brummt Tom und winkt ab. »Los jetzt wir müssen den Halunken jetzt ordentlich einheizen, bevor die so richtig begreifen, was hier los ist! Lauf rüber zu Pa und den anderen und sag ihnen, dass sie das Feuer eröffnen sollen. Schau mich nicht so erstaunt an. Lauf los, Mensch! Wir haben weiß Gott keine Zeit mehr zu verlieren!«

Steve begreift, was die Stunde geschlagen hat und rennt sofort zu der Stelle, wo sich sein Vater und die anderen Rancher postiert haben. Indes erkennt Tom, dass das Pianogeklimper im Saloon abrupt verstummt ist. Stattdessen sind erregte Stimmen zu hören, und auch der eine oder andere Fluch dringt in die Nacht hinaus.

Dann erlischt im Saloon das Licht. Scheiben klirren, und Revolverläufe zielen in die Nacht hinein. Plötzlich blitzen Mündungsfeuer auf, Kugeln pfeifen durch die Luft und zischen haarscharf an Toms Kopf vorbei, der sich in diesem Moment etwas zu weit vorgewagt hat. Hastig zieht er den Kopf ein und sucht Deckung hinter einem alten Kastenwagen. Von dort schleicht er sich dann weiter, bis er sicher ist, dass ihm zumindest in diesem Augenblick keine Gefahr mehr droht.

»Passt auf den Hinterausgang auf!«, schreit er mit lauter Stimme und hofft, dass insbesondere Cummings das mitbekommt. Denn es ist seine Aufgabe, darauf zu achten, dass Strykers Leute keinen Ausbruch zu versuchen wagen. Sollte ihnen das gelingen, kann sich der Spieß schnell umdrehen. Schließlich sind Strykers Leute gewissenlose Killer – jeder von ihnen ist ein sicherer Schütze mit dem Colt.

Tom nutzt eine erneute Deckung, um seinen Revolver nachzuladen. Er verlässt seinen Posten und läuft mit schnellen Schritten an einer Hauswand weiter, bis er Steve und die anderen erreicht hat. Da hört er einige Schüsse fallen, wo sich Cummings und seine Gefährten aufhalten.

»Bill, Tom!«, erklingt die Stimme des Ranchers in warnendem Tonfall zu ihnen hinüber, »Passt um Himmels Willen auf – sie versuchen jetzt einen Ausbruch!«

»Ich wusste es«, murmelt Tom. Und dann steht er auf und läuft hinüber zum Saloon. Denn dort braucht man jeden zusätzlichen Mann.

*

Ben spürt die Unruhe, die mit jeder verstrichenen Minute größer wird. Er reitet an der Spitze des Rangertrupps, der heute Morgen kurz nach Sonnenaufgang Austin verlassen hat und nun Ben ins San Saba County folgt. An seiner Seite reitet Colonel Adam Walker, ein kampferfahrener Mann. Walker war es auch, der Ben half, zum Gouverneur vorzudringen. Denn der Rangercolonel und Ben kennen sich von früher her, und das gab letztendlich den Ausschlag, dass Gouverneur Wallace nicht lange brauchte, um seine Entscheidung zu fällen. Er beauftragte Colonel Walker, sofort einen Trupp Ranger zusammenzustellen und dann aufzubrechen. Das war heute am frühen Morgen.

Ben hat lange nicht geschlafen und fühlt sich so ausgelaugt und erschöpft wie schon lange nicht mehr. Zwar haben sie unterwegs kurze Pausen eingelegt, um den Tieren wenigstens etwas Ruhe zu gönnen. Aber Ben ist trotzdem vollkommen fertig. Noch muss er jedoch durchhalten und die Ranger nach San Saba führen.

Längst ist die Nacht über die weite Ebene hereingebrochen, aber Ben und die Ranger sind immer noch nicht am Ziel. Aber mit jeder Meile kommen sie San Saba näher, und schließlich stoßen sie auf die alte Poststraße. Von hier aus sind es nur noch knappe zehn Meilen bis zur Stadt.

Als sie den größten Teil der Strecke im raschen Galopp hinter sich gebracht haben, glaubt Ben plötzlich das hallende Echo von Schüssen zu hören. Schüsse, die genau aus Richtung Stadt kommen!

Colonel Walker und die Ranger haben es jetzt auch gehört. Jetzt ist allen klar: Der Kampf hat längst begonnen.

»Los, Männer!«, ruft Ben voller Sorge und peitscht förmlich auf sein Pferd ein. »Wir müssen uns beeilen!« Mein Gott, denkt er, während das Pferd unter ihm über die Ebene prescht Was geschieht da in San Saba?

*

»Ihr verdammten Feiglinge!«, schnauzt Conrad Stryker seine Leute an, als er sieht, dass diese noch zögern. »Worauf wartet ihr noch? Nun geht endlich hinaus und zeigt es diesen Kuhtreibern. Oder wollt ihr, dass sie uns alle fertigmachen?«

Während draußen erneut Schüsse fallen und eine herumirrende Kugel eine Petroleumlampe zerschmettert, blickt er Hal Jordan und seine Leute an. »Ich zahle jedem von euch zweihundert Dollar extra – also verdient euch das Geld. Ist das klar?«

Die Männer nicken. Angesichts dieser verlockenden Prämie wollen sie es riskieren, einen Ausbruch zu versuchen. Hal Jordan ergreift als erster die Initiative. Er zieht seinen Colt, nähert sich dem Hinterausgang und reißt die Tür einen Spalt breit auf. Dann gibt er gezielt drei Schüsse zur anderen Straßenseite ab.

Zwei der Gunmen tun es ihm gleich. Ihre Kugeln treffen und verwunden mehrere der ungeübten Rancher. Dieser kleine Erfolg reicht für Jordan und vier andere Revolvermänner aus, um aus dem Saloon zu hasten und im Dunkel der Nacht unterzutauchen. Conrad Stryker atmet erleichtert auf. Nun wird es Jordan doch noch gelingen, diese elenden Rebellen in die Schranken zu weisen. Denn Jordan ist ein treffsicherer Revolvermann, der schon ganz andere Situationen gemeistert hat.

Aber dann geschieht auf einmal etwas, womit weder Conrad Stryker noch die Rancher gerechnet haben. Einige der Stadtbewohner scheinen endlich begriffen zu haben, was hier auf dem Spiel steht. Dutzende Gewehrläufe werden aus den Fenstern der Häuser gestoßen und richten sich auf die Revolvermänner, egal in welchen Winkeln und Ecken sie Deckung gefunden haben. Die Bewohner der Stadt haben genug vom Terror Strykers und greifen in den Kampf ein.

Bevor Hal Jordan so richtig begreift, was da gerade geschieht, hat es auch schon zwei seiner Leute erwischt. Sie werden von den Gewehrkugeln niedergestreckt und bleiben reglos im Staub der Straße liegen.

»Sie kommen von allen Seiten!«, brüllt Hal Jordan und schießt um sich wie ein Besessener, weil er nun jämmerliche Angst um sein eigenes Leben hat. Aber da trifft es auch ihn. Etwas Heißes bohrt sich in seinen Rücken und löst dort eine unbeschreibliche Schmerzwelle aus. Dann wird es ihm schwarz vor Augen, und er fällt in einen tiefen Schacht, aus dem es keine Wiederkehr mehr gibt.

»Sieh dir das an, Tom!« erklingt Cummings erregte Stimme, als auch er sieht, dass die Rancher nun unerwartete Hilfe von den Stadtbewohnern bekommen.

»Das ist unsere Chance!«, ruft Tom zurück und schießt auf einen der Revolvermänner, der jetzt wild schießend sein Heil in der Flucht zurück in den schützenden Saloon sucht. Toms Kugel trifft den Gunman, als dieser schon die Schwingtüren des Gebäudes erreicht hat. Mit einem Todesschrei bricht der Kerl auf der Schwelle zusammen und bleibt dort bewegungslos liegen.

»Tom – was hast du vor?«, ruft ihm nun Cummings nach, als er sieht, dass Tom seine Stellung verlässt.

»Ich hole mir Stryker!«, ruft Tom knapp zurück. »Und wenn ich Stryker erst erwischt habe, werden die anderen wohl hoffentlich aufgeben.«

*

Cummings ruft Tom noch etwas hinterher. Aber das kann Tom nicht mehr verstehen, denn in diesem Moment konzentriert er sich ganz auf sein Vorhaben. Hastig überquert er, abwechselnd links und rechts mit dem Colt sichernd, die Straße. Die Schüsse aus dem Saloon werden merklich weniger. Und die meisten davon stammen von den Ranchern und den Stadtbewohnern, die ihre Kugeln den restlichen Revolverfalken in den Saloon hinüberschicken.

Als Tom nun den Vorbau erreicht hat, hört er, wie drinnen etwas mit lautem Klirren zerbricht. Sekundenbruchteile später lodert eine grelle Flamme empor und leckt gierig

109

nach dem trockenen Holz. Tom hebt leicht den Kopf und riskiert einen kurzen Blick durch eine der geborstenen Fensterscheiben. Eine Lampe wurde wohl von einer verirrten Kugel vom Tisch gefegt, und das auslaufende Petroleum hat sich hierbei entzündet. Beißender schwarzer Qualm durchdringt immer mehr die Räumlichkeiten des Gebäudes. Er raubt nicht nur zusehends die Sicht, sondern auch die Luft zum Atmen.

»Wir ergeben uns!«, erklingt eine ängstliche Stimme nach draußen. »Nicht mehr schießen – hört ihr?«

»Ihr elenden Verräter!«, brüllt auf einmal eine Stimme, die Tom sofort als die von Conrad Stryker identifiziert »Kämpft gefälligst – denn dafür werdet ihr bezahlt!«

Conrad Strykers Miene spiegelt die Verachtung wider, die er für die Männer empfindet, die ihn jetzt schmählich im Stich lassen wollen. Außer sich vor Zorn reißt er seinen Colt hoch und schießt auf die Männer, die einmal Garanten seiner Macht im San Saba County gewesen sind. Dann ist nur noch das Prasseln der sich immer weiter ausbreitenden Flammen zu vernehmen.

Panik erfüllt Conrad Stryker, als er auf das immer größer werdende Feuer blickt. Draußen werden erregte Rufe der Stadtbewohner laut, die sehr deutlich Strykers Kopf verlangen. Der Zorn der Bevölkerung richtet sich nun gegen den Mann, der sie lange Zeit ungehindert terrorisieren konnte. Und niemand ist mehr hier, der ihn schützen kann. Major Wilkins Soldaten sind irgendwo draußen in der Brasada auf der Suche nach den Rebellen. Dabei sind die hier in San Saba, denkt Stryker voller Hass, als er sich abwendet.

Er setzt jetzt alles auf die Hoffnung, in all dem Durcheinander doch noch ungesehen entkommen zu können. Doch in diesem Moment werden die Schwingtüren des Saloons aufgestoßen, und ein Mann betritt den vom Rauch bereits völlig eingenommenen Schankraum – es ist Tom Cannon.

»Bleib stehen, Stryker!«, ruft er mit einer Stimme, die keinen Widerspruch duldet »Dein Spiel ist aus!«

»Du Hund!«, keucht Conrad Stryker, als er den verhassten Gegner in der Tür des Saloons stehen sieht »Dir habe ich das alles zu verdanken. Stirb dafür jetzt!«

Er reißt den Colt erneut hoch, macht gleichzeitig eine halbe Drehung und will Tom Cannon mit einem Schuss in den Magen niederstrecken. Aber Tom hat die Absicht seines Todfeindes schon erahnt. Er duckt sich im letzten Moment und entgeht knapp der Kugel, die wirkungslos in eine der beiden Schwingtüren fährt.

Zu einem zweiten Schuss kommt Conrad Stryker nicht mehr, denn nun bringt Tom seine Kugel ins Ziel. Der aalglatte Geschäftsmann aus dem Norden stöhnt schwer auf und verharrt für Sekunden in der Bewegung. Dann schlägt er hart rücklings auf die Dielenbretter auf. Leise unverständliche Worte kommen über seine Lippen, als er versucht, noch einmal den Kopf zu heben. Dann fällt er zurück, und leere Augen starren hinauf zur Holzdecke des Saloons.

Nur langsam weicht die Anspannung von Tom. Er wendet sich abrupt ab und verlässt den Saloon. Einige beherzte Stadtbewohner kommen auf ihn zu gerannt und schauen ihn fragend an.

»Es ist alles vorbei«, murmelt Tom. »Stryker ist tot.«

Jetzt rennen die Männer vorbei, wagen sich in den Saloon und versuchen dort mit vereinten Kräften das Feuer zu löschen. Tom registriert das nur am Rande, denn nun sieht er den Reitertrupp, der die Mainstreet heraufkommt. Und an der Spitze des Trupps reitet ein Mann, den er sofort erkennt – es ist sein alter Kampfgefährte Ben Warner.

»Tom!«, hört er dann Ben schon voller Erleichterung rufen, »Tom, bist du in Ordnung?«

»Yeah«, erwidert Tom, während Ben und die Texas Ranger nun ihre Pferde zügeln.

»Mister, Sie werden mir einiges zu erklären haben«, richtet Colonel Walker nun das Wort an Tom. »Und ich bin schon sehr gespannt darauf.«

Doch noch bevor Tom irgendwas sagen kann, bemerken sie den Trupp Soldaten, der abgehetzt in die Stadt geritten kommt – vorneweg Hank Ketchum, der erleichtert grinst, als er erkennt, dass sein Boss und Tom noch am Leben sind. Major Wilkins und Lieutenant Shelby dagegen begreifen erst in diesem Moment, dass sie von langer Hand in die Irre geleitet worden sind.

»Sind Sie Major Wilkins?«, richtet Colonel Adam Walker nun das Wort an den kommandierenden Offizier. Und als er sieht, wie dieser kleinlaut nickt, fährt er fort: »Dann habe ich mit Ihnen zu reden. Ich habe Vollmachten vom Gouverneur aus Austin, die Vorkommnisse hier zu untersuchen. Und wie ich gehört habe, spielen Sie nicht gerade eine bewundernswerte Rolle in diesem ganzen Spektakel. Das werde ich ungeschönt melden müssen.«

Tom geht unterdessen zu Ben und schlägt dem Gefährten auf die Schulter. Er ist sichtlich froh, dass die Ranger doch noch gekommen sind. Sie werden dafür sorgen, dass selbst ein Mann wie Major Wilkins in seine Schranken verwiesen wird.

»Tom, was hast du vor?«, fragt Ben verwirrt, als er sieht, wie Bill Cannon wortlos seinem ältesten Sohn dessen Pferd bringt

»Ich reite jetzt zur Double C Ranch«, antwortet Tom knapp. »Da wartet nämlich jemand, den ich unbedingt wiedersehen möchte."

»Dann begleite ich dich«, fügt Ben sofort hinzu. »Weißt du, ich habe mir nämlich auch eine Menge durch den Kopf gehen lassen. Denn deine Schwester Nancy ist ein verdammt hübsches Mädchen, und ich denke mir, dass ich…«

»Mir musst du das nicht sagen«, unterbricht ihn Tom, während er in den Sattel des Pferdes steigt, »Sag es Nancy – ich bin sicher, sie wird das gerne hören.«

*

Sie verlassen San Saba wenige Minuten später gemeinsam und reiten hinaus in die aufgehende Sonne, die schon bald das Land mit ihren wärmenden Strahlen überschüttet. Und als die beiden Reiter schließlich die Double C-Ranch erreichen, ist es schon hell geworden.

Toms Herz macht einen Freudensprung, als er Linda auf der Veranda stehen sieht. Und als auch das schwarzhaarige Mädchen erkennt, wer da auf den Hof geritten kommt, ist es aus und vorbei mit der Zurückhaltung, die sie bisher an den Tag gelegt hat. Sie stürmt Tom entgegen und fällt ihm in die Arme.

»Oh Tom«, murmelt sie und presst sich ganz fest an ihn. »Endlich bist du zurück. Ich dachte schon, dass …«

»Es ist ausgestanden, Linda«, antwortet Tom und registriert aus den Augenwinkeln die erfreuten Blicke Bens, als nun auch Nancy aus dem Haus gelaufen kommt. »Dieses Land hat endlich wieder eine Zukunft – etwas, an das wir alle glauben können.« Und seine ganz persönliche Zukunft, die hält er gerade in den Armen. Davon ist er voll und ganz überzeugt. Denn das San Saba County braucht eine neue Zukunft – und Menschen, die ehrlich bereit sind, daran zu glauben.

„Ich habe den Eindruck, als wenn ich dich bald Schwager nennen darf, Ben", kann sich Tom diese Bemerkung nicht verkneifen. „Ich täusche mich doch nicht, oder?"

„Ganz und gar nicht", muss Ben Warner nun schmunzelnd zugeben.

„Meinst du nicht, dass mich dein Freund Ben erst einmal fragen sollte?", beschwert sich Nancy bei ihrem Bruder. „Oder hat er in diesem Moment seine guten Manieren ganz und gar vergessen?"

„Das kommt schon noch, Nancy", grinst Tom. „Für Ben lege ich die Hand ins Feuer. Einen besseren Mann findest du nicht."

Historische Anmerkungen zum vorliegenden Roman

1865 unterzeichnete General Lee bei Appomattox die Kapitulation der Südarmee und beendete so den bittersten und blutigsten Krieg der amerikanischen Geschichte.

Die Soldaten und Kriegsgefangenen beider Armeen kehrten heim – viele von ihnen am Ende ihrer Kräfte oder gar für den Rest des Lebens entstellt und zum Krüppel geschossen.

Die Angehörigen der Südarmee traf das Schicksal hierbei gleich doppelt schwer. Ihr Traum vom glorreichen Süden war endgültig zerplatzt wie eine Seifenblase. Und natürlich auch in ihrer Heimat wirkte sich der verlorene Krieg schnell aus. Eine Militärregierung der Sieger bestimmte nun große Teile des gesellschaftlichen und wirtschaftlichen Lebens.

Die Heimkehrer aus dem Krieg wurden daher besonders argwöhnisch beobachtet und kontrolliert. „Einmal ein Rebell – immer ein Rebell", hieß es, und so behandelte man sie auch.

Die sogenannten „Carpetbaggers", von denen auch im vorliegenden Roman die Rede ist, waren kaltblütige Geschäftsleute aus dem Norden, die in den Nachkriegsjahren so viel wie möglich aus den gebeutelten und besiegten Regionen (hier ist es Texas) herauszuholen versuchten. Einige von ihnen waren mit nichts anderem als einer schäbigen Tasche aus Teppichstoff (Carpetbag) ins Land gekommen. Unterstützt wurden sie bei ihren Geschäften in der Regel durch Militärverwaltung und eingesetzte Politiker.

Grundstücke und Land waren kaum noch etwas wert, und die Steuern, die die Militärregierung den Besiegten auferlegte, unermesslich hoch. So kauften die Carpetbaggers billig das Land auf, wenn es nicht gar zwangsversteigert wurde. Die ehemaligen Besitzer konnten dann ganz legal, notfalls mit Hilfe des Gesetzes und der Militärregierung, vertrieben werden.

Während des Krieges hatten sich in Texas die großen Rinderherden unkontrolliert gewaltig vermehrt. Die Fleischpreise waren somit völlig am Boden. Ein Rind war in Texas nichts mehr wert – ganz im Gegensatz zu den großen Fleischmärkten hoch im Norden, wo ein riesiger Bedarf bestand. So entstanden wenige Jahre nach Ende des Bürgerkrieges die ersten großen Viehtrails nach Norden. Der Chisholm Trail ist auch heute noch bekannt und benannt nach dem Rancher Jesse Chisholm, der es als erster wagte, eine große Herde über Tausende von Meilen durch ein weites und einsames Land nach Norden zu treiben. Allen Gefahren zum Trotz.

Es sollte noch einige Zeit dauern, bis die Schrecken der Militärregierung nachließen und Texas wirklich wieder frei wurde. Die texanischen Cowboys und Rancher spielen in dieser Entwicklung eine wichtige Rolle. Denn trotz aller Demütigungen und Bevormundung gaben sie niemals auf und versuchten, das Beste aus dieser Situation zu machen. Weil sie wollten, dass das Land zu neuer Stärke erblüht. Vielleicht ist deswegen der Mythos von Texas und seinen Cowboys bis heute nicht verblasst.

ENDE

115

Verpassen Sie keine Neuerscheinung!

Tragen Sie sich in den Newsletter von *EK-2 Militär* ein, um über aktuelle Angebote und Neuerscheinungen informiert zu werden und an exklusiven Leser-Aktionen teilzunehmen.

Link zum Newsletter:
https://ek2-publishing.aweb.page

Über unsere Homepage:
www.ek2-publishing.com
Klick auf *Newsletter*

Via Google*: EK-2 Verlag*

Als besonderes Dankeschön erhalten Sie **kostenlos** das E-Book »Die Weltenkrieg Saga« von Tom Zola.

Deutsche Panzertechnik trifft außerirdischen Zorn in diesem fesselnden Action-Spektakel!

Sichern Sie sich jetzt die nächsten Bände!

Entdecken Sie weitere spannende und historische Western-Abenteuer der Roman-Reihe „**Das Gesetz des Westens**"!

Der schwarze Mustang
von Peter Dubina

„Nachdem ein schwarzer Hengst den Tod seines Sohnes verursacht hatte, beginnt ein Kampf zwischen Nevadas Rachelust und der Freiheit des Tieres."

Freuen Sie sich auf regelmäßige Neuerscheinungen von EK-2 Publishing, Ihrem Verlag für historische Literatur! Hier geht es direkt zur Reihe:

Mehr von EK-2 Militär!

Was wäre, wenn die fähigsten deutschen Offiziere den Krieg nach ihren Vorstellungen geführt hätten? – Finden Sie es heraus mit der fesselnden Alternativweltserie „**Imperium Germanicum**"!

Begeben Sie sich auf eine einmalige Reise in jene Zeit, die die Schweiz, wie wir sie heute kennen, geformt hat. Tauchen Sie in die historische Mittelalterserie „**Die Nacht am Feuer**" ein!

Ihre Zufriedenheit ist unser Ziel!

Liebe Leser, liebe Leserinnen,

hat Ihnen unser Buch gefallen? Haben Sie Anmerkungen für uns? Kritik? Bitte zögern Sie nicht, uns zu schreiben. Wir werden jede Nachricht persönlich lesen und beantworten.

Schreiben Sie uns: info@ek2-publishing.com

Wussten Sie schon, dass Sie uns dabei unterstützen können, deutsche Militärliteratur sichtbarer zu machen? Bitte nehmen Sie sich einen Moment Zeit und bewerten Sie dieses Buch auf Amazon. Viele positive Rezensionen führen dazu, dass das Buch mehr Menschen angezeigt wird.

Sie können somit mit wenigen Minuten Zeitaufwand unserem kleinen Familienunternehmen einen großen Gefallen tun. Vielen Dank für Ihre Unterstützung!

PS: In seltenen Fällen kommt ein Buch beschädigt beim Kunden an. Bitte zögern Sie in diesem Fall nicht, uns zu kontaktieren. Selbstverständlich ersetzen wir Ihnen das Buch kostenlos.

Impressum

Eine Veröffentlichung der EK2-Publishing GmbH
Friedensstraße 12, 47228 Duisburg
Handelsregisternummer: HRB 30321
Geschäftsführerin: Monika Münstermann

E-Mail: info@ek2-publishing.com
Website: www.ek2-publishing.com

Autor: Alfred Wallon
Cover/Umschlag: Mario Heyer
Lektorat: Eduard Krisan
Buchsatz: Eduard Krisan

1. Auflage, November 2024

www.ingramcontent.com/pod-product-compliance
Lightning Source LLC
LaVergne TN
LVHW051443170726
843492LV00002B/528